我的黑貓家教 Miaow

龍雲意 X 重花

MIAOW

TUTOR IS A BLACK CAT?

Just sing me a song

Silver Star Singing Championship

★銀星歌唱大賽★

初賽名單

明初曉 V.S 黑貓(諾諾)

明初曉：

就讀於千都學園的普通中學生一名。
性格爽朗直率，愛吐槽，
夢想是成為一名出色的歌手。

諾諾：

一隻有著一雙漂亮而翠綠的眸子
而且會說話的黑貓。

協辦人物名單

麗月：

初曉的前座兼好友。

小林：

面癱眼鏡男，學生會會計員。
學習成績良好，後來被分
派為初曉的補習指導員。

Silver Star Singing Championship

銀星歌唱大賽

決賽名單

「前任」學生會長V.S「現任」學生會長

諾雲生：

千都學園前任學生會會長。
頭腦聰明，愛說教。

神秘人物：

千都學園「現任」學生會長。
長得與諾雲生一模一樣，
取代諾雲生的位置而無人發現。

協辦人物名單

小鈴、珍珍、婷婷、小瑛（大姐頭）：

暗黑女子四人組。
看不過初曉在班裡大出風頭，
故意處處使壞，後來更是企圖
阻止初曉參加銀星歌唱大賽。

汐霞：

千都學園裡唯一與初曉一同進
入銀星歌唱大賽初賽的選手。

THEME CONCERTS

Girl and Music and Black cat:

MIAOW 01 黑貓先生華麗登場

千都學園——

放學的鈴聲剛響過不久，這個對於大部分學生來說都是充滿著歡快愉悅的時刻，吵鬧的喧囂馬上就占據了整個學園，學生們紛紛背著書包，像潮水般從教室裡湧出，平靜的操場立即變成熱鬧的空間。

混在同學們中飛快閃身而過的一名少女，此刻正不停回頭張望著自己的身後，彷彿被人追趕著……事實上她的確是被追趕著，這不，那急急撥開在面前擋路學生的班導師，正生氣的對著少女在人群中時隱時現的身影大叫著——

「明初曉！妳給我站住！」

站住給妳抓嗎？我才不要呢——

明初曉回頭對落在後面幾乎被放學人潮所淹沒的班導師大人吐了一下舌頭，不就是少交了幾天功課嘛，又不會死人塌樓的，值得她大老遠的追著她實行這百米長跑嗎？這下子要是真被她逮個正著，少不了又是一通長達數小時的訓話，班導師口水之多，簡直堪比長河泛濫，被她訓下來就沒完沒了。

雖然功課成績不怎麼樣，明初曉對自己的運動神經卻是充滿自信的，眼前半牆高的花欄完全不在話下，初曉同學一個助跑，雙手借力飛身一躍，完美落地！

真是太厲害啦！初曉同學都想給自己舉牌打個滿分了，可惜旁邊沒有觀眾，不然此時定是掌聲雷動。但是不懂欣賞她英姿的班導師卻是氣呼呼的指著矮牆花欄後的明初曉，大叫著：「竟然還敢跑？！」

「唉呀，不是吧，怎麼妳這麼有耐力啊？上次中文老師都跑輸我來著……」明初曉咂了一下舌頭，繼續投身跑路的偉大進程中。

班導師不愧是班導師啊，看著明初曉的眼睛都幾乎像是開動了衛星追蹤系統一般，緊跟不放，不過班導師大人可沒有明同學那般的好身手，再加上她那一身標準的ＯＬ套裝，想跳過花欄那可是世界奇觀，搞不好會上校刊頭條！

班導師盯準了初曉的逃跑方向，繞過花欄，仍是鍥而不捨追著不放。

學生們看著這一前一後飛跑而過的師生，都有點見怪不怪了。

誰不知道明初曉同學每天都來上演一次這種相同的戲碼？只不過每天追她的人都是不同的，星期一追她的是英語老師，星期二追她的是中文老師，星期三追她的是數學老師……簡直是全年無休。這下可好，連BOSS都出動了。班導師大人估計也是多次接獲各科老師對於明同學的投訴，才不得不御駕親征了。

跑著跑著，身後的喧囂也漸漸遠去，可作掩護的群眾越來越少，明初曉正陷於極度難以抉擇的兩難中——這再跑下去就要撞到校園圍牆去了，到底是繼續繞圈還是選擇回頭？

不過，這時想回頭也已經不可能了，班導師那如雷般氣勢清晰的腳步聲已經一下重過一下，初曉一時情急，瞧到這學園小路左前方有個小木屋，連忙三步併作兩步，衝了過去。

真是天助懶人，這小木屋居然沒有鎖上，門一推就開了。

小木屋裡面光線不好，明初曉的眼睛一時也適應不了，看不清這木屋裡面的布局，正疑惑著，班導師的身影已經在小路邊的小樹叢中隱約透出，初曉也不及細想了，連忙躲進了小木屋，把門緊緊合上。

班導師毫不遲疑的腳步終於越過了木屋，直跑了過去。門後的初曉鬆了一口氣。

真是好險，差點就被抓到了呢。

「嘿，又一次成功逃脫，累積第二十八次的勝利！耶～！」明初曉握了握拳，暗自開心。

這時，木屋深處的一陣細微聲響觸動，傳出了一下木板的碰擊聲，初曉的心一下提了起來，連忙轉過頭去，大聲問道：「誰？！」

回應她的是木屋的一片沉寂。

只有木屋斜上方的小窗格外射入了黃昏即將隱去的暗淡光線，照入木屋內的光柱中，有無數輕輕飛舞的塵埃，除此之外，什麼也沒有。

「什麼啊……別嚇人啊。」初曉驚魂未定，剛才那一下的聲響只是碰巧吧？可能有老鼠剛好經過什麼的……對了，一定是，在這種塵舊的屋子裡有什麼都不奇怪嘛，是吧是吧，有什麼都不會奇怪的，那——鬼呢？

被自己的想法嚇得毛都快要豎起來，初曉瞪著眼睛，真想給自己來記天馬流星拳，叫妳想什麼不行妳竟然想到鬼！這下可好了，身為千都學園校長聽到名字都頭痛三分的明初曉大人，天不怕地不怕卻是個超級靈異體質，小時候也沒少見過不可解釋各種怪象，但是她最怕最怕最怕的就是「阿飄」了！

此地不祥，不宜久留！初曉同學背後冷汗直冒，當機立斷，轉身就要拉開木門繼續跑路。

「嘎嘎、嘎嘎！」

木門發出嘎嘎的怪聲，顯然是被卡住了所以無法順利打開，這一下可嚇壞了明初曉，這剛剛進來的時候明明還是好好的門，怎麼就突然打不開了呢？這是什麼不可抗力？還是有人暗中搗亂？！不不不，是人還好，萬一……萬一……

越是怕哪樣越是來哪樣，明初曉現在已經腦補了N個即將上演的靈異場面了，她嚇得沒差點立即尖叫起來，此時身後又再度傳來了一下清晰的木板碰撞聲——

明初曉的神經都繃得緊緊，門是怎麼也打不開，那身後等待著她的，又是什麼？

像木偶一般僵硬的轉動著脖子，明初曉的視線緩緩的飄往後方，光線不足的木屋裡依然一片漆黑，黑暗中一雙翠綠的眸子緊緊的盯著她看。

這一驚非同小可，明初曉整個人都像裝了彈簧一樣，自動彈後貼到門上去，她連氣都不敢再喘一下，就死死的盯著眼前那雙詭異的眸子。

晶瑩的眸子移動一下，一個迅速的小黑影飛竄上了窗台，明初曉目不轉睛盯著移動的目標，只見牠站在木屋斜上方的窗台上，稍稍伸展一下筋骨，又再度懶懶的轉過身來，安靜的蹲著。

「什麼嘛，原來是一隻貓。」終於舒出一口氣的明初曉，這才定下神來，拍了拍狂跳不止的心臟。

「真是的，有事沒事幹嘛這樣嚇人，會出人命的你知不知道？」明初曉對著窗台上的這隻小黑貓嘟囔著，雖然明知道牠不可能聽懂自己的話，但是牠那一眨不眨盯著自己看的眼神，卻讓明初曉有種奇妙的錯覺，好像牠在觀察著自己的一舉一動，並研究著她的所有行為似的……

真是越想越邪乎了。明初曉搖了搖頭，雖然她是聽說過這世上有許多會通曉人性的動物，聽明的小貓小狗也不是不存在，但眼下的這一隻，怎麼看都是流浪的小黑貓而已，一定是自己想太多了。

不過聽說遇到黑貓會很不吉利……呃，似乎還會倒大楣的。明初曉轉過身去，又試圖再拉了一下木屋的小門，依然只有發出門卡住時特有的嘎嘎聲。

眼下這情況算不算得上是「倒楣」呢？明初曉不禁回頭瞄了一眼那隻黑貓。

黑貓靜靜的待在高處的窗台上，依然不動聲色。

「唉……」明初曉不禁嘆氣。她開始後悔自己一時衝動挑選的這條逃跑路線，從未失手的她居然自掘墳墓，把自己給鎖起來了，班導師要是知道這烏龍事件不當場笑掉大牙才怪。這是報應嗎？現在明初曉開始無比懷念班導師大人那堅定的腳步聲了，要是她再從這裡回來的話就好了，至少自己還有個可以求救的對象。

已經淪落到希望被班導師搭救的明初曉真是想哭都哭不出來，這路段是個校園死角，平時本來就沒有人經過的，要不是今天自己跑這邊來，估計誰也不會留意到這後坡上還有個堆放雜物的小小儲物屋吧？

「外面有人嗎？喂！外面有人嗎？」明初曉大力的拍著木門，她盡量提高自己的音量喊道：「有人被鎖在這裡了啦！」

可惜外面一點回應都沒有。

太陽的光線漸漸變暗，明初曉已經叫了十幾分鐘，真有人經過也早把她給救出來了，此時不得不死心的坐在地上稍作休息的明初曉，只覺得自己真是衰到家。

「果然是因為遇到你嗎？」明初曉無力的看著窗台上的那隻黑貓，自言自語的說：「真服了，這會兒怎麼還會有比我更慘的人？」

「白痴。」

憑空響起的一個回答，讓明初曉整個人都瞬間正坐了起來。

剛才是誰在說話？！

明初曉左望望，右望望，上下前後，都沒有人啊！

除了在窗台上有一隻貓——

但貓怎麼可能會回應自己的話題？怎麼想也是自己神經太過緊張所以產生了幻覺吧？

一定是這樣沒錯。明初曉暗自嘲笑自己都草木皆兵了。

「這裡是舊體育館專用的雜物房，除了體育委員，誰都沒有鑰匙。」空間中又傳來了清晰的人聲。

「哇啊！！」明初曉整個人跳了起來，她幾乎已經直接進入崩潰模式，大叫著：「到底是誰藏在那裡？快給我出來！」

這時，窗台上的黑貓卻站了起來，直直的盯著她，說：「我說妳，別這樣鬼叫行不行！」

明初曉一輩子也沒見過這詭異的場景，以至於她直伸向前的手指都開始哆嗦起來了，她不可思議的說：「貓在說話！」

「貓竟然在說話！哇啊！」明初曉轉過身去，拚命的敲打那扇打不開的木門，大叫著：「救命啊！快開門！這裡有隻會說話的貓，太可怕了啊啊啊……我要被貓妖吃掉了！」

此時的黑貓居然還用爪子撫在額前，一副受不了的表情，而明初曉因背對著黑貓正拚命敲著門呢，幸好這一切她看不見，不然她的尖叫聲將會瞬間刷新到歷年最高記錄。

「救命啊！！救命啊！！」明初曉已經嚇得眼淚狂飆了，聲音都叫得歪掉。

「妳這個女人，給我安靜！」

一聲更甚於恐嚇的男聲直刺進初曉的耳膜，那黑貓不知何時已經跳下地去，正一步一步朝她走了過來。

「哇啊！你你你你你！別過來！！」明初曉急得一陣跳腳，在有限的儲物間中狂奔起來。

黑貓才剛剛緩步走到門邊，明初曉已經用百米衝刺的速度朝旁邊退開，直把自己當成雜物，扔到後面的同類群中去了。

「現在這個時間，同學們該走的人早都走了，剛才追妳的那個老師，我看到她早就已經從後坡的另一邊走回去，估計也是因為找不妳、以為妳成功溜掉。這下門又被鎖住，妳肯定走不了。」黑貓淡定的告知明初曉這一個顯而易見的事實。

「你想幹什麼?!你這隻居心不良的貓!你想吃了我嗎?我告訴你,我不好吃的,我頭腦簡單,四肢也不發達,成績又爛,完全沒有優點,所以一點也不好吃!」明初曉急病亂投醫,她似乎是認定了這隻貓要把她生吞了,為了動搖敵人這不太明智的主意,她先發制人亂喊了一通。

「誰說我要吃掉妳?」黑貓一臉看白痴的表情看著嚇得瑟瑟發抖哆嗦個不停的明初曉,說:「也不看看妳那體型,比我大多少倍?拜託有點常識好不好?」

「你還敢跟我說常識?」明初曉聽到黑貓親口「承諾」不會吃掉她(姑且先相信牠好了),膽子也開始大起來,居然敢頂嘴了:「一隻貓會說話,本來就超越常識好吧?你什麼時候聽過一隻貓會跟人講常識?這太沒有常識了!」

「……」黑貓無言以對。想來這小妮子也說得對呢,黑貓居然很認真的在反思自己充滿漏洞的言辭。

「還有,你把我鎖在這裡到底是想幹嘛?」明初曉指著黑貓,此時的她還是懷著戒心的。

「我什麼時候把妳鎖在這裡了?」黑貓反問。

「要不是你動的手腳,我怎麼會被困在這裡?」明初曉言之鑿鑿,認定了眼前的黑貓就是製造出這個密室的犯人。

「這說來話長,得從妳沒頭沒腦的衝進來開始——妳說妳頭腦簡單,這倒似乎是句實話,因為我還從沒看過有蠢得像妳這樣,會把自己反鎖了還毫不察覺的笨蛋。」黑貓說。

「喂……」明初曉雖然害怕這來歷不明的黑貓，但聽到牠這樣毫不留情的損著自己，還是會有點不爽的，畢竟對方只是一隻貓而已，居然被一隻貓質疑自己的智商，這也太傷人自尊了吧？

「這裡是廢棄的儲物室，平時已經很少人會來，目前保管存放的都是舊體育館遺棄下來的雜物，這儲物室的門鎖本來就不好使，門把早就壞了，不論內外都得用鑰匙來開啟，而且這裡面放的東西也不怎麼值錢，所以平時保管鑰匙的體育委員都只把儲物室的門掩閉卻不關死，方便他們把舊物搬置過來這邊。不過妳倒爽快，一跳進來就把自己鎖了。」黑貓說出了明初曉並不知道的真相。

「你是在胡說吧？」明初曉當然也不會被黑貓的三言兩語就蒙騙過去，她懷疑的說：「你怎麼知道這麼多事？」

「因為以前體育部資源也歸我管。他們曾經向學生會申請過換鎖的資金調撥……」黑貓一邊說著一邊從門縫向外看了看，接著說：「現在天已經黑了，會有人回來救妳的機會是零。」

「你也不用這麼坦白吧。」明初曉一臉黑線。這隻貓雖然看起來不過是小小的一團毛球狀，但說起話來怎麼那麼的高高在上，像個社會精英似的討厭。

「我只是比較實事求是。」黑貓轉回身，正正的蹲立在門前，直勾勾的盯著明初曉看。

「實事求是的貓，這是哪門子的冷笑話？真是世紀奇聞。」明初曉從鼻子裡哼了一聲，經過一番折騰，在確定了眼前的貓雖然不普通也似乎沒有什麼攻擊能力之後，她的防範意識就淡薄起來了。

「喂，做個交易吧。」黑貓舔了舔前爪，似有意也似無意的跟明初曉提了個要求。

「我才不要。」明初曉一口就拒絕掉。

「我還沒說是什麼交易呢。」黑貓怔了怔，顯然沒料到自己會被拒絕。

明初曉並沒有放過這輕微的細節，雖然對方只是一隻貓，但她卻輕而易舉的解讀出牠的表情。從牠那一閃而過的訝然可以看出，這隻囂張的小貓對於跟別人提要求似乎是無往不利，未曾失手的，所以才會對她不假思索的回絕給堵住，而且表現出一點不知所措。

「我可不會跟魔鬼做交易。」明初曉指著黑貓，一臉的義正詞嚴：「你是想跟我做靈魂的交易吧？想都別想！」

「妳漫畫看太多了吧？妳的腦子裡真的裝著正常的東西嗎？」黑貓一臉鄙視她。

「你敢說你不是魔鬼派來的使者？」明初曉質問。

「妳瞎了？我只是一隻普通的貓！」黑貓大叫。

「普通的貓可不會說話！」明初曉反駁。

「也是。」黑貓輕易就改變了牠的立場，避重就輕的說：「那我以貓的身分跟妳做個交易，這下行了嗎？」

「不好意思，這邊也不接受和貓做交易。」明初曉雙手打叉，再度拒絕。

「……」黑貓兩度被拒，一時找不到話了。對方似乎連這「交易」的內容到底是什麼也毫不關心，在這種情況下一切都無法進行。

「好吧，那妳就在這裡慢慢等好了。」黑貓冷哼了一聲。「原本還打算給妳提供一個可以脫離此地的完美方法，不過看來妳是不需要。」

「你有方法可以讓我離開這裡？」明初曉眼睛一亮。不過轉念一想，她說：「就算你跑出去叫人來開門，人家聽到你說話早就嚇跑了，怎麼肯跟你來？」

「誰說我會用這愚蠢的方法幫妳開門了？」黑貓否定了初曉的設想，牠說：「而且，能聽得懂我說話的人，目前妳還是第一個。」

「咦？什麼？」明初曉嚴肅起來，她轉頭正視著這黑貓問：「真的假的？只有我聽得懂你說話？」

「沒錯。在別人的耳裡，我發出的聲音只是普通的貓叫而已，妳是第一個能聽懂我說話的人。所以我才想拜託妳跟我做交易，因為這件事，我無法再拜託別人。」黑貓說。

「為什麼只有我聽得懂？你不是在開玩笑吧？」明初曉有點不可置信。

「我也不知道為什麼，大概是我們的波長比較接近，我曾試過跟不同的人溝通，可惜目前沒有任何一個人能正確的接收到我發出的訊息，除了今天遇到妳……」

黑貓回憶著剛才這個少女闖進儲物間時的情景，自己不過是看到她那狼狽的模樣嘲笑了一聲

「白痴」而已，換作平常的情況，普通人只會聽到貓叫的聲音，但明初曉卻立即有所反應的認為這屋子裡有「人」。這倒是出乎黑貓意料之外。

等了這麼久，終於讓牠等到了。

一個命定中，能代牠完成「使命」的人。

「真可憐……」明初曉同情的看著黑貓說：「你一定很寂寞吧，明明會說話，卻沒有人聽得懂。」

豆大的冷汗掛在了黑貓的腦袋上，牠說：「請收起妳泛濫的同情心，因為妳搞錯了可憐的對象。」

在黑貓眼裡，這個會把自己困在木屋裡的笨蛋才比較需要被「同情」。

「真不可愛。」明初曉現在已經完全不再害怕這隻有聲勢卻沒有什麼大威脅的小貓了，她甚至還主動走上前去，蹲在牠的面前，仔細的打量起牠來。

黑貓有著一雙漂亮而翠綠的眸子，此時也正注視著自己。毛色黑得發亮，四隻爪子卻像穿了白色的靴子一般整潔可愛，胸前一小撮白毛也像是紳士的領結一樣傲然高貴。

「妳考慮得怎樣？」黑貓見機不可失，立即再度把交易搬上檯面繼續說：「我可以幫妳脫離眼前的困境，但相對的，也請妳幫我一個忙。」

「你要我幫你什麼忙？」從明初曉口中吐出的，終於不再是拒絕的話語了。

找得到才是。

「幫我找一個東西。」黑貓說。

「那個東西很難找的嗎？」明初曉問。如果是簡單的東西，就算身為貓，牠自己也應該可以找得到才是。

「這個……我也不太清楚。因為還沒找過。」黑貓有點猶豫，這是從牠自一出場就無比自信的態度以來，第一次出現底氣不足。

「那到底你想我幫你找什麼啊？」明初曉問。

「讓我變回人的方法。」黑貓冷靜的說出這一句話。

「哈？！」這回卻是明初曉傻眼了。她指著黑貓說：「你野心不小嘛！居然還想當人？」

「我本來就是人！」黑貓火了。她那是什麼態度！

「你是人？你哪一部分像人了？！」明初曉雙手卡在黑貓的腋下，一把將牠抱起，左看右看，還大聲宣布她所看到的結論：「沒有啊！」

毫不客氣的一記爪子劃到明初曉的臉上，隨著初曉一聲「唉呀！」，黑貓靈活的重新跳到地上，生氣的瞪著這個拿牠當玩笑的女生。

「妳這個粗魯的女人！」黑貓說。

「你這隻暴力的黑貓！」初曉回罵。

「我只是暫時變成了貓，雖然我自己也不知道這是怎麼回事，但我必須找到可以變回人類的方法。」黑貓說。

「這只是你說的，誰信呀？」明初曉捂著被抓痛的臉，瞪著貓說。

「……」黑貓沒想到她會這樣說，一時也答不上來。

這是牠從沒想過的問題。對了，人類和貓，到底是完全兩種不同的生物，要一個人類相信一隻貓的話，本來就已經夠匪夷所思了，而且牠的要求還是變成人類……原來自己處在一個難以讓人信服的立場上。

看到黑貓一臉受到打擊的落寞神色，明初曉忽然覺得牠太可憐了。雖然牠一再強調可憐的人是她而不是牠。

「唉，我姑且先答應幫你找找看好了，但我可不保證一定能找到喔，畢竟你要求的東西也太難想像了。」明初曉說。

「真的？」黑貓抬起頭來，眼中充滿希望。「妳真的肯幫我？」

看著一隻貓對自己充滿期待，明初曉心裡真是五味雜陳，這是什麼世界啊？太不真實了啊！

「不過現在，你得先幫我離開這裡才行。」明初曉站起身來，拍了拍衣服上的塵埃說。

「那我出去一會兒，妳在這裡等著。」黑貓說。

「咦？你要怎麼出去？」明初曉問。這時已經看到黑貓縱身一跳，飛躍上了窗台，那高度可是她忘塵莫及的地方——對了，自己竟然忘記了對方是一隻貓，當然可以從那窗台脫身了，都怪牠剛才一直說要變成人啊什麼的，害她一時都轉不過腦子。

黑貓頭也不回就從窗子跳了出去，嗖嗖的消失在外面的世界裡。明初曉當然沒有辦法看到牠在外面幹什麼，心裡疑惑著，莫非這隻貓打算自己來開門不成？

過了約十分鐘，黑貓終於回來了。

「怎麼只有你一個回來了？幫手呢？」明初曉問黑貓。她此時正關注著外面，卻一點人聲都沒有聽到，顯然還是靜悄悄的。

「沒有人會來。」黑貓從窗外跳了進來。

「那你要怎麼把我弄出去？」明初曉生氣的問，這小貓該不是拿她來尋開心的吧？

「把門打開就能出去啊。」黑貓說。

「廢話，要是門能打開我還待在這裡幹嘛？」明初曉說。

「廢話，用鑰匙把門打開不就得了。」黑貓學她的語氣嘲諷的說。

「咦？你有鑰匙？」明初曉趕緊跑到黑貓面前，只見黑貓低頭，把一直含在嘴裡的一把鑰匙吐出來，落在初曉的手中。

明初曉趕緊拿著鑰匙去開門，這如年終中獎一樣的緊張時刻到來啦！這鑰匙到底能不能開得了眼前的這扇門呢？到底行不行呢？噹噹噹噹～～～答案是——成功了！恭喜明初曉同學！大家請鼓掌。

「看不出來你還真有兩下子啊。」再度踏足於外面空氣中的明初曉也有點不敢相信這突如其來的自由，不禁回頭看了兩眼身後的小黑貓。

黑貓昂首闊步的自後面走出，斜眼看了看明初曉，說：「不在話下。」

「就是態度跩了點，你當你是誰啊？還不就是一隻貓！」明初曉真是不爽牠時時刻刻那目中無人的臭屁態度。

「這位同學，我已經按照約定，把妳的困難解決了，現在是不是輪到妳履行妳的約定了？」黑貓仰頭望著初曉說。

明初曉伸了伸懶腰，一臉迷茫的問：「什麼約定啊？」

「喂！妳想耍賴嗎？」黑貓一聽到她那懶懶的語調，毛都要炸起來。

「是啦是啦，不就是要找到讓你變成人的方法嘛，我沒忘記。」明初曉對跟在身後的黑貓促狹的眨了眨眼睛說：「不過我勸你還是及早放棄，能讓貓變成人的方法，我還真沒聽說過，估計是找不到的。」

「妳都還沒開始找，怎麼說得這麼肯定？」黑貓似乎並不高興聽到明初曉的好心勸告，雖然牠的表情裡也摻雜著那麼一絲的擔憂。

「我說，做貓有什麼不好？又不用上學，不用唸那睏死人的書本，還不用考試，每天就是玩啊玩，想去哪裡就去哪裡，多快活啊。我告訴你，做人其實很痛苦的，唉，你沒做過是不會理解的……」明初曉一邊朝學校門外走去，一邊對身邊這妄圖要變成人類的小黑貓諄諄教誨。

「我本來就是人！」黑貓耐著性子重複了一次，牠記得之前就已經告訴過她了啊。

「你是人？你哪一部分像人了？」明初曉攤開雙手，看著黑貓再度宣布她的結論：「沒有啊！」

「妳這女人欠扁是不是？！」這黑貓都要被這鬼打牆的話題給搞瘋了。

「嘖，你真是隻容易生氣的貓。」明初曉笑了笑。

「小心我詛咒你。」黑貓陰惻惻的說。

「咦？！」這一句恐嚇明顯生效了，明初曉驚懼的盯著貓。

對了，好像是有聽說過被黑貓詛咒了的人都會倒楣倒到四腳朝天，唉呀，這該不會是真的吧……

一人一貓就這樣離開了學校。這個時候街上都已經華燈初上，黑貓跟在初曉的身後，亦步亦趨，不停有路人回頭觀看這奇妙的場景。

溜狗的人見多了，但大家似乎還不曾見過有溜貓的……

而且這小黑貓神色專注，就只跟著少女的步伐前進，倒是這領路的少女，時而看東，時而望西，對街上的櫥窗飾品充滿興趣，流連忘返。小貓只好也跟著她走走停停，當初曉停在路邊哇哇叫著「這東西好漂亮啊，真想買下來」的時候，牠就安靜的蹲在櫥窗前望路人。

「這小貓好可愛……」已經有路人紛紛對初曉和黑貓投來好奇視線，有不少愛貓人士甚至還停下來看這小黑貓。

「牠會跟著主人走呢，真是好聰明啊。」旁邊的女士們發出低嘆，也有人試圖上前去逗玩黑貓，但是都被牠當白痴的直接無視了。

「小姐，請問這是妳養的小貓嗎？」更有大膽的路人上前跟初曉搭訕。「可以告訴我方法嗎？妳家的貓咪真是漂亮又聽話呀。」

「漂亮又聽話？」明初曉一時還反應不過來，不過低頭一看立即知道對方說的是貓，她側著頭露出不解：「是指牠嗎？」

牠才一點都不聽話呢！明明暴力得要死。明初曉瞪著黑貓說：「居然還有人會稱讚你，真是沒天理。」

「妳是打算站在這裡站到什麼時候？快點走吧。」黑貓說。

「就是看看而已嘛，催什麼催……」明初曉甩了甩書包，黑貓已經率先走了，她只好跟上，順便回頭對那詢問她的路人報以抱歉的笑容說：「不好意思，牠似乎等得不耐煩了，我們先走啦。」

「快點啊。」黑貓還回頭喊了一聲。

「來了來了，真囉嗦。」初曉嘀咕道。

路邊一干人等睜著眼睛目送少女與黑貓離去。

「剛才……那女生是在和貓說話嗎？」路人女士不太確定的跟身邊的朋友問道。

「不知道，不過倒是聽到貓有喵了幾聲。這也能溝通？太奇怪了。」朋友顯然也不明就裡。

「那女生該不會是腦子有問題吧……」大家一邊討論著一邊散去。

就這樣，明初曉完全不知道自己已被當成神經少女，還一路跟貓吵吵鬧鬧的走回了家。

終於到了家門口，明初曉才突然想起什麼似的，大叫了一聲：「不好了！」

「怎麼？」黑貓聽到她這大叫也停下腳步，回頭看她。

「我有一個壞消息，一個好消息，你要先聽哪一個呢？」明初曉故作神秘。

「少來這套，趕緊說吧。」黑貓冷眼看她。

「呃……這個壞消息是，我家不能養寵物。」明初曉說。

「然後？」黑貓問。

「你好像一點也不緊張？」明初曉對於黑貓冷淡的態度不滿，這個時候牠應該擺出一臉的驚慌表情，然後求問自己「怎麼辦？」才對的呀！真是太過分了，一點也不配合劇本的需要。

「為什麼要緊張？我又不打算住妳家。」黑貓像看傻瓜的樣子看她。

「咦？你不住我家，那你住哪……裡……」明初曉這問句還沒完整吐出來呢，黑貓輕輕一躍，就上了樹，明初曉的脖子仰得都快骨折了，她說：「早說嘛。」

「還有好消息呢？是什麼？」黑貓從高處的樹枝叢中露出那雙即使在夜裡也閃閃分明的眼睛來，問下面的初曉。

「什麼好消息？根本沒有好消息。」明初曉低聲嘟噥著。

「什麼？」這遠距離的傳話並不清楚，黑貓顯然聽不到下面的初曉在嘀咕什麼。

「我說，」初曉抬起頭來的時候，又換了一臉喜樂融融的笑臉，她可不想跟這暴力的小黑貓再搞什麼關係不和。「好消息就是，你現在正對著的窗戶，就是我的房間啦，怎麼樣，是不是有點感覺賺到了？」

黑貓默然的盯著初曉，初曉馬上就知道自己又被鄙視了。她收起笑臉對黑貓說：「真是沒有幽默感的貓。」

「喵～」黑貓用道地的一聲貓叫回應她。

「你就裝吧你。」明初曉大步上前，朝門裡大喊了一聲：「我回來了！唉喲，肚子好餓，快吃飯！快吃飯！」

此時的黑貓靜靜的伏身在樹上，目睹著少女的身影消失在大門後面。剛才給初曉開門的是她的媽媽，那個看起來相當和善的年輕媽媽一邊寵溺的看著晚歸的女兒，一邊把她的書包接過，還摸了摸初曉的頭。

溫暖的家庭景象，深深映入了黑貓翠綠的眸中，牠黯然的伏於樹葉的深處，獨自享受著黑夜的寂寞。

MIAOW 02

寵物是光明而有前途的職業

回到家後的明初曉，不但吃下一頓飽飽的晚餐，還洗了個舒服的澡，時間也磨蹭得差不多了，她終於回到房間，開始了她最不願意面對的一場戰鬥——做作業。

關上房間的門，明初曉坐到書桌的前面，順手打開書桌前的大窗戶。

就在她一開窗的那一瞬間，一團黑忽忽的暗影就靈活的一閃而過，跳進了屋內。明初曉當然知道那是什麼，回頭一看，果不其然，不是黑貓先生又會是誰？

「妳真慢。」黑貓一邊埋怨的撥下頭頂的一片枯葉，一邊占據了初曉房間裡一張看起來很柔軟很舒服的沙發。

「人類是有很多事情要做的，不像貓那麼隨興啦。」初曉也不介意黑貓的不請自來，她拉開書桌前的椅子，坐下來。

「不就是吃飯和洗澡而已嗎?在人類來說，妳做這兩件事的速度也真算是有夠拖拉的了。」

黑貓不以為然。

「你一直在監視我?!」初曉轉過頭來，生氣的問。

「鬼才有興趣監視妳。」黑貓冷哼。「誰叫妳家窗戶那麼多。」

「哼。」初曉這才放過牠，但這一人一貓正互相吐槽個沒完，一陣清晰的「咕嚕咕嚕」聲卻非常不客氣的插響在兩人的對談中。

「那是什麼怪聲?」明初曉頓了頓，不明所以。

「……」黑貓沒作聲。

「你肚子餓了?」初曉同學馬上反應過來，笑嘻嘻的指著一臉冷酷的黑貓說：「裝這麼酷，我還以為你無所不能呢，還不是一樣要吃飯的小貓一隻嘛。」

黑貓依然沉默著，在這個時候反駁什麼也真是底氣不足啊，誰叫牠的肚子真的是餓了呢……

「不過，我家沒有貓糧啊，這可怎麼辦?」

明初曉倒也不是壞人，不會眼瞧著小貓餓了故意放著不管，她認真思考著能給小貓準備的食物，問題是她從來沒養過貓，這下子哪知道貓愛吃什麼東西?貓不是都吃老鼠嗎?但眼前的這一隻……要是自己建議牠去抓隻老鼠來充飢，估計牠首先就朝她發飆了。

「我不吃貓糧！」小黑貓要求還挺高，一開口就否決了初曉的想法。

「那你吃什麼？」初曉以示民主，只好主動問本人，呃，不對，是本貓……

「只要是人能吃的就行。」黑貓低聲說。

「真麻煩，明明是隻貓。」初曉一邊碎碎唸，一邊起身出房間給小貓弄吃的去了。

「我本來就是人！」黑貓已不知是第N次重申這無奈的事實了，可惜這女生的腦子不知道是不是被紙糊住，總不肯聽牠說話。

明初曉消失了一會兒，再度轉回房間的時候，手裡已經拿了幾包零食，還有一個杯裝的泡麵。

「這次你真是賺到了，這可都是我最愛的零食呢，現在先貢獻給你了。要感謝我！」明初曉把一堆奇奇怪怪，有些常人連見都沒見過的零食，扔了一桌子。

「妳平時都吃這種東西？」黑貓不可思議的問。

「嗯。這都是很難買到的，我的珍藏品。」初曉得意的說。她首先拆開其中一個包裝袋子，從裡面倒出一些自己就先吃了起來，一邊陶醉的說：「真是太美味了！做人真幸福啊……」

「來，別客氣，你也吃。」明初曉不知哪裡找來一個小盒子，倒了些進去，推到小貓面前。

「……」黑貓盯著眼前的東西，試探的聞了一下。

牠這細微的動作立即惹來初曉的不滿，她嚷嚷道：「怎麼？怕我毒死你啊？這東西很好吃的啦！」

黑貓終於輕輕咬起一個，慢慢的吃起來。但牠實在不能理解，這種垃圾食品到底好吃在哪裡？而且初曉還一邊吃一邊露出世間美味的表情，難道說自己變成了貓，所以連味覺也被改變了嗎？！黑貓一臉鬱卒。

「你好像不太滿意？」初曉當然沒放過小貓的絲毫表示，她把一旁已經弄好的泡麵拿過來，放了一些在貓盒子中，說：「那要不要試試看這個？」

泡麵吃起來味道就正常多了，至少讓黑貓覺得，牠的味覺並沒有變奇怪，而是這個女生本身就很奇怪。

「真是不懂得欣賞。」初曉見黑貓寧願吃泡麵，也不吃她的珍藏，哼了一聲。

「在遇到我之前你都吃什麼呢？」初曉對這個問題非常不解，像牠對食物有這麼高要求的貓，應該過得非常艱難才對。

「妳管我。」黑貓不肯回答。

看來是在這方面吃過了不少苦頭呢，初曉點了點頭，了然一笑。

黑貓就伏在桌子上慢慢的吃東西，因為泡麵有點熱，牠吃得有點艱難，舌頭對熱量的感知程度非常敏銳，讓牠好幾次咬到的麵條都掉回去，惹得初曉哈哈大笑。

「好了，浪費了這麼多時間，作戰要開始啦。」初曉挽了挽袖子，終於擺出一副要奮鬥的樣子來了。

「妳幹嘛？」黑貓不知道初曉口中的作戰指的是什麼。

「做作業啊。」初曉一臉不幸，說：「唉，還是做貓好啊。不用唸書，也不用做作業，真是太幸福了。」

這女生剛剛在吃零食的時候才發表過「做人真幸福」的宣言呢，這下子輪到做作業時就立即拋棄立場，這「能屈能伸」的精神也實在太讓人嘆服了。黑貓心想。

攤開作業本，初曉開始埋頭苦思與習題作戰去了，黑貓依然與牠的晚餐——熱泡麵作戰。這一人一貓倒也專心，各做各事。

初曉一會兒抬頭看天花板，一會兒又咬著筆閉目沉思，一會兒狂抓腦袋，一會兒又把頭深埋進書裡像要吃掉裡面的內容。最後，她終於推開桌子哇哇叫了起來：「真是太難了！這都是什麼人才想得出來的變態題目！」

黑貓目睹著她一連串的表情，也有點好奇是什麼樣的題目難度高成這個樣子，都快把眼前這女生給弄瘋了。

在書桌上移動了幾步，黑貓一腳踏上了初曉攤開的課本，低頭看了看那道讓她幾乎要撕書洩憤的題目——這不就是一道超普通的課後練習題而已嗎？這淺顯的程度，連貓幾乎用心算就知道答案了。

「這題用這裡的公式就行了。」黑貓用爪子捲起書頁，嘩啦嘩啦的往前翻了幾頁，一隻貓爪印蓋在上面的某條公式上，啪啪的戳著。「這道題目比較靈活，有多種解法，這裡演算本來有五步，但如果從第二步引入這條公式，會省下兩步，三步就能算出結果，不過我看妳基礎這麼爛，這種算法少用為妙。」

初曉一臉訝然的瞪著講解得頭頭是道的黑貓，過了一會兒她才說：「貓居然還會算數呀？」

「我本來就是人！」黑貓真想在她臉上痛快的劃下幾道爪痕。

「你好聰明哦。」初曉抓起課本，看了看題目，果然就如黑貓所說的那般，用這條公式解題就能找到切入點了。

「至少比妳聰明。」黑貓一點也不謙虛。

「謝了。」初曉已經開始在本子上奮筆疾書了，她好不容易才找到點事做，每晚做作業的時間對她來說都是地獄旅行一般，千山萬嶺困難重重，她都做好長期艱苦戰鬥的覺悟了，這晚倒是意外的有個好的開始。

黑貓繼續呼嚕呼嚕的吸著麵條，時不時還招呼初曉給牠添麵。泡麵的杯子雖然不算大，但對於貓來說，要直接從裡面吃到麵條還是很麻煩，所以都是由初曉把裡面的一部分麵條弄到貓盒子裡去，吃完再添。不過作為人時，一杯泡麵的量估計還不夠餵飽一個男生，但貓就不一樣，光是體型和重量都小了好多倍，食量當然也就變小了。

所以黑貓吃飽時，泡麵還有剩下。但牠已經吃不下了，伏在桌子上沒事就看初曉做作業。

這明初曉也是個能人，作業一本下來她會的題目真是一隻手都數得出來，幾乎道道題目在她眼裡都像洪水猛獸一樣難纏，大呼小叫一番後，黑貓就像個教書先生一樣，用爪子迅速把課本翻到正確的頁數，然後咆哮道：「看這裡！用這一條！笨蛋，到底要我說幾次才懂？！」

「這條不是剛剛才用過嗎？」初曉一臉不可置信。「不可能有一樣的題目出現啦，這太奸詐了！」

「妳還敢說！既然才剛用過為什麼轉頭又不懂了？妳的腦袋裡裝的是一次性不可回收的垃圾嗎？！」黑貓罵起人來也是毫不留情。

「嗚……居然連吵架也吵不過一隻貓，我死了算了。」初曉淚流滿面。

「那妳就趕緊去死吧！」黑貓可是一點也不動容。

「實在太過分了。」初曉繼續埋頭疾書，她說：「為什麼連貓也會做的題目，反而人類居然不會？這有違常理啊！」

「少看不起貓！」黑貓已經懶得跟她搬出「我本來就是人」的理論，而直接放棄身分，自認為貓了。

初曉剛抬頭正要反駁幾句以顯示一下人類的威嚴，黑貓一爪子就甩過來給了她一「巴掌」，幸好貓爪子圓滾滾的，牠也沒把尖利的部分伸展出來，所以初曉只是被撥得頭一歪。

「給我專心一點！」黑貓像個嚴厲的家庭教師，正給不聽話的學生以深刻的教訓。

「我都還沒說話。」初曉轉回頭來，爭辯了一句。隨即貓又連環給她來了幾十「巴掌」，打得她只敢把頭垂得低低，假裝努力去了。

沒想到吵不過一隻貓，居然連打也打不過一隻貓……這世道是變天了啊……初曉極度鬱悶。

在黑貓的監督下，初曉的作業完成度真是嗖嗖的快。

不知道是不是剛才吃了太多的零食，現在又做著自己最不喜歡的作業題，越來越覺得眼睛睜得睜不開來，初曉低垂的頭慢慢的有點節奏性晃動了，半睜半瞇的狀態也顯然變多了。

就在初曉搖頭晃腦快要陣亡在桌子邊上的時候，黑貓的雙爪死死的撐起了她的額頭，大叫著：「還差三題！別想偷懶。」

「什麼啊，才三題……明天再做好啦，我好想睡覺。」初曉已經神智不清了。

「怎麼可以這樣？」黑貓完全看不下去她的頹廢狀，用盡全身貓力做支撐，死死的抵住了初曉要倒下來的頭顱。

「做事要有始有終，不能半途而廢，這是原則問題！」黑貓教訓的道。

「你是我班導師變的嗎？怎麼說話跟她一個樣子。你們該不會是親戚吧……」初曉瞄了一眼黑貓，因為距離太近了，黑貓那雙不滿的綠眸子就在眼前。

「有空開玩笑就給我把剩下的題目都趕緊做完！」黑貓再度伸出魔爪，爽快的給了初曉幾個巴掌，直把她打得哇哇叫。

「你又打我！」初曉捂著臉叫，真是過分啊，不知道女孩子最在乎的就是臉嗎？雖然這攻擊不會造成什麼嚴重的肉體傷害，但是心理上的傷害也著實讓人不爽，被一隻貓賞巴掌這麼詭異的事情說出去也實在太傷人類的自尊了。

就這樣，明初曉同學一邊與睏睡鬥爭，一邊又要與黑貓鬥爭，期間還擋下來自貓爪的攻擊無數，在這刀光劍影的籠罩下寫作業，別提有多累了，真是比上課還累。

「終於做完了哇哈哈哈哈哈！」明初曉像破了世界紀錄一般興奮，她振臂高呼：「作業有什麼難？！只要有心，我還是可以的！」

黑貓一整晚都在與這個抓緊每分每秒去偷懶的學生周旋，牠顯然也精神不到哪裡去，一場對峙下來，牠也累得半死。

不過這一人一貓做作業的動靜太大，已引起房外明媽媽的注意，這時就聽到房間外面響起了她的腳步聲，隔著門還能聽到她跟初曉說的話。

「初曉，妳在跟誰說話？妳一個人在房間怎麼吵成這樣？」

「糟了！我媽來啦。」明初曉一緊張，連忙一手抓起黑貓，飛一般跑到床邊，想也不想就把牠塞進被子裡面，叮囑道：「別出來！知道嗎？」

隨著門把轉動的聲音響起，明媽媽那狐疑的臉龐就出現在了門後，她環視女兒的房間一週，並沒有發現有任何異常——除了桌子上面堆放了數量不少的零食，居然還有泡麵？

「曉曉，妳很餓嗎？」明媽媽記得女兒今天吃飯可是足量的，怎麼才一轉眼，她又消滅了一堆零食外加一杯泡麵了？

「呃……是啊是啊，我長身體嘛，餓死了。」明初曉打了個哈哈，含糊的糊弄道。

「這樣啊，看來得給妳增加點營養配餐才行呢。」明媽媽也不懷疑女兒那飄來飄去的目光，這時候床邊正露出了半截黑貓的尾巴，初曉都緊張死了。

「妳剛才有跟誰在聊天嗎？」明媽媽不確定的問女兒，她記得自己經過初曉房間的時候，明明聽到她很大聲的在說「你給我閉嘴」什麼的……

「沒有啦，我、我只是在自言自語。哈、哈哈……」明初曉胡亂撒了個謊。

幸好媽媽也沒有再深究下去，她點了點頭，說：「時間不早了，早點休息，才能快些長大哦。」

媽媽終於離開房間，明初曉這才鬆了一口氣。

不過才一轉頭，她幾乎再度失聲尖叫起來了！

此時坐在她床上的，並不是剛剛她塞到被子裡去的那隻小黑貓，而是一個活生生的人！而且還是個穿著校服的男生！

「你你你你……你是誰？！」明初曉指著坐在她床上一臉迷茫的男生，怪叫道。

那男生看了看自己的手，大概有點意會，他再度抬起頭來的時候說：「妳好，初次見面，我叫諾雲生。」

「啊啊，你好，我叫明初曉……」可能是被對方坦然的態度所影響，在對方自我介紹的時候，初曉不禁也正式的回敬了一個自我介紹。

「喂！現在不是說這些的時候吧！」初曉回過神來，立即又擺出那個如臨大敵的姿態。「快說！你到底是怎麼混進來的？居然公然偷偷潛進女生的房間，你這膽大包天的色狼！」

「是妳讓我進來的啊。」諾雲生一臉的平靜，雖然對於「色狼」這個評價還是稍微不滿的蹙了一下眉毛。

「我什麼時候讓你進來了？」明初曉雙手叉腰，質問著。

「……」男生的視線轉到窗外，望著那棵樹。

明初曉也望了望窗外，這時她才好像想起了什麼似的，連忙衝到床邊，一把將男生推開，自己則幾乎鑽到被子裡面，找來找去，挖來挖去，結果什麼都沒有……

「喂，是你把牠藏起來了嗎？」明初曉斜眼看著諾雲生。

「我把什麼藏起來了？」諾雲生問。

「貓啊！」明初曉大叫。

「……」諾雲生別過臉去，一臉不願提起的表情。

「咦？該不會是……」明初曉這時才上下認真的打量起這個男生來。

「沒錯，那隻貓……就是我。」諾雲生像吞了隻蒼蠅似的，半天才吐出這一句話來。

「怎麼可能？你是貓？你哪一部分像貓了？」明初曉還是有點不太相信，她也不跟這男生客氣，居然就動手把他從頭摸到腳，還一邊跟他說：「沒有啊！」

諾雲生幾乎要吐血而死，這女生吐槽他的台詞就不能換點新鮮的嗎？！

「雖然目前不知道是怎麼回事，但是我有些時候會變回人類的樣子，但持續的時間不會太長，一般不超過十五分鐘。」諾雲生說。

「那你的意思是，十五分鐘後，你又會變回貓？」明初曉問。

「應該是那樣。」諾雲生說。顯然這也是他所困擾的問題，因為他並不想變回貓啊。

「那看來你說你是人，還真沒有騙我了？」明初曉直到這時，才真正肯面對黑貓之前跟她說過無數次的話。

「我本來就是人。只是不知道怎麼有一天……就變成了貓。我自己也很困惑。」諾雲生說。

「我必須找到能讓自己變回人的辦法，不然這樣子我真不知道該怎麼辦才好了。」

「所以你才找上我？」明初曉在旁邊的沙發上坐了下來，繼續打量眼前這憑空出現的男生。

他穿的校服跟自己是同一所學校的服裝，很明顯也是千都學園的學生。幫助同學，也算是做好事吧？明初曉這樣想著。

「因為只有妳能聽懂我的話。」諾雲生說。

「因為我的波長和你接近嗎？」明初曉記得在小木屋時，黑貓也曾說過相似的話。她想了想說：

「也不對，如果我們波長接近的話，為什麼你那麼聰明，我卻這麼笨啊？這解釋真不科學！」

「……」諾雲生完全不知道該怎麼回答這個問題。居然毫不介意的直接把自己笨的事實說出來，這女生的直率也是非凡人的級數。

「那我們要怎麼才能找到可以讓你變回人類的辦法呢？」

明初曉終於有點承擔起約定的樣子了，這讓諾雲生非常的欣慰，他還真怕她目睹了自己的荒誕處境之後，就甩手不管，讓他自生自滅了。要知道，遇上一個能和貓溝通的人類是多麼的艱難，他自從變成貓以來，嘗試過無數失敗的滋味，直到在儲物室遇到了這個女孩子……或者這是上天的安排也不一定，諾雲生那一刻真的有拜謝神恩的衝動了。

而明初曉看起來也比他想像的大膽，雖然一開始有被自己是一隻會說話的貓而嚇到，但後來的發展卻非常順利，況且她也不像是個不守信用的人。和他約定的事，她應該會好好遵守的吧……？

「不過，現在要怎麼辦呢？你這樣一個大活人，留在這裡也不太方便。」明初曉一邊說，一邊朝窗邊走了過去。夜裡起了風，夜風吹得窗簾飛舞，初曉不得不把窗子關上一半。

才那麼幾下子的工夫，當初曉再度轉過頭來的時候，男生早就不知所蹤了，當然，取而代之的是床上一隻眼睜睜盯著自己看的小黑貓……

「你還真是方便。」明初曉一臉的黑線。「這麼乾脆就給我變回去了，居然還不帶預告的啊？！」

「喵～」黑貓俏皮的回應了一聲。

「別在這個時候才裝成貓的樣子！」初曉吼道。

小黑貓瞇了瞇眼睛，不理會明初曉，自己跳下床，又躍上了沙發，在那裡選了個舒服的位置，窩著身體不肯走了。

「喂喂，你該不會是打算在這裡住下來吧？」如果是目睹諾雲生變身之前的明初曉，或許不太介意房間裡多一隻小貓房客，但是！這會兒明初曉可是親眼看著牠變成一個活生生的男孩子啊！他可是貨真價實的男、孩、子！！

「喵～」

黑貓要賴皮起來，初曉還真拿牠沒轍，總不能直接把牠扔到窗外去吧？

初曉看了看只餘一片夜色的窗外，這時風似乎颳得更大了，要一隻小貓獨自在外面過夜，也好像有一點殘忍，她最後只好嘆息了一聲：「真是敗給貓了。」

於是，黑貓就公然的占據了明初曉房間的這個沙發，做牠溫暖的小窩了。

第二天，陽光才剛剛爬到明初曉的床頭，這會正在好夢當中的初曉只覺得臉上有個東西在不停的拍打著，皺了皺眉再睜開眼睛，一張超大特寫的貓臉出現在眼前。

「哇啊！！」立即翻身起床的初曉，撞飛了黑貓，不過黑貓反應也不慢，此時正用爪子掛在被子上呢……

「什麼啊，大清早的別這麼嚇人。」明初曉這才從睡迷糊了的狀態中回復過來。

「都幾點了，還在賴床？上學要遲到了！」黑貓說。

「啊！都七點半了，為什麼不早點叫醒我！！」明初曉一瞅床頭的鬧鐘，一邊飛也似的跳起來，衝到洗手間洗臉刷牙，打點整裝。

「媽媽也真是的，為什麼都不來叫我！」明初曉哼哼的抱怨著。

「阿姨一早就來叫過妳了，她有事要出門，那時叫妳妳還應了她一聲。」黑貓跟在她身後，也走進了洗手間，在地上仰頭看著一副手忙腳亂胡亂套著校服的初曉。

「有這種事？！」明初曉根本就不記得有這麼一幕，估計在夢中發生過吧，她什麼都不知道！

「早餐已經準備好了就放在桌子上——阿姨是這樣說的。」黑貓繼續報告著。

「呃？」明初曉終於弄好了，快步衝到餐廳，果然，早餐都已經完好的放在桌子上面。

「對了，我媽進來的時候，你該不會被發現了吧？」初曉把早餐拉過來，再拿了個空盤子，隨便把一小半倒了過去，當是給貓吃的部分，自己就先不客氣開動了。

「沒有。」黑貓伸著舌頭，舔著盤子上的牛奶，說：「那個時候我躲在妳的床下。」

「你真是越來越有做色狼的潛質了。」明初曉瞄了牠一眼。

黑貓對她無聊的指控充耳不聞。

「我上學去了！」明初曉抓過書包，大步就跑出家門。

黑貓見狀也快步跳下桌子，幾步一躍，就爬到了明初曉的肩膀上去了。

「喂！」明初曉一轉頭就看到那毛茸茸的生物蹲在自己的肩上。

「要我不停的追著妳跑很累誒！反正妳也是順便嘛。」黑貓瞇著眼睛的樣子就像是在微笑。

「真奸詐！！」明初曉一邊大力的發洩不滿，一邊還是不得不拚盡全力奔向學校。再不加快點速度，可就真要遲到了。

黑貓的尾巴捲在初曉的脖子上，正好用來維持平衡不那麼容易被甩落，在外人看來，初曉就像戴了黑貓造型的圍巾，那也是挺拉風的一件事，路人紛紛側目，初曉長這麼大還是第一次遇到這種回頭率百分百的關注度。

好不容易在限定的時間內趕進了學校，上課鈴聲剛好響過一遍。

初曉匆忙進到教室，黑貓適時跳下，一個飛閃，又不知道躲到哪裡的小樹叢中去了。初曉也沒空理會牠，校園的地理環境搞不好牠比她還要熟悉。

「還真是驚險啊，初曉妳差點就遲到了呢。」坐在初曉前面的同學是她的好友麗月，她笑著看初曉說：「幸好不用被記名，不然下次追妳的就是訓導主任了！」

「去去去！別亂咒人。」初曉一聽就心驚膽顫的，昨天才被班導師追著跑，要是天天這樣升級下去，她長十條腿也不夠跑路用。

「真奇怪呢，平時妳都是很準時的，今天伯母也睡過頭了嗎？」麗月問。

「好像不是，據說她曾經叫過我……」初曉一邊整理著書包，趕在老師來之前把課本拿出來放好。

「據說？據誰說？」麗月顯然對這個問題充滿興趣。

「我家的貓。」初曉回答。

「真是好冷的笑話。」麗月當然不相信。「不過妳家什麼時候養貓了？」

「也不能說是養，只是牠老跟著我，於是就變這樣了。」初曉並不隱瞞。

「自來貓？那可是招財的耶！」麗月眼睛一亮，說：「初曉妳要發財啦。」

「才不是，牠說我不履行約定就要詛咒我！」初曉並不看好那隻黑貓能給她帶來什麼財運，別是楣運就已經夠她還神的了。

「哇……」麗月像在聽天方夜譚，心想初曉才不見一天，怎麼編起故事來一套一套的還挺能唬人，她打算改行當個幻想家？

這時老師已經走了進來，麗月也只好正坐回去，專心上課。

課堂上，除了同學們抄筆記時發出的沙沙聲，和老師在講課的單調聲音，教室裡還算是安靜的。

初曉坐的是靠窗的位置，而且就在一樓，外面是大片的草樹叢，這時從窗外的草樹叢深處發出了葉子沙沙摩擦的聲音，初曉轉眼一瞧，一隻黑貓毫不客氣的就跳上了窗台，坐在邊緣上。

「我在上課呢，你來搗什麼亂？快一邊玩去。」初曉壓低聲音，跟那黑貓說話。

黑貓完全不理會她，自顧自的蹲在那裡，也不肯走。

大家慢慢留意到這窗邊來了一隻想要聽課的貓，開始竊竊私語。

「那小貓好可愛，以前都沒見過呢。」有不少愛貓的小女生最是興奮，首先發現了小貓的到來。

「我以前好像在學校操場見過牠一次，這小貓很聰明的，也不怕人。」女生們的話題馬上就圍繞著這不速之客熱烈的展開了。

「牠一直蹲在那裡望著黑板，真奇怪，難道牠聽得懂我們的課嗎？」也有男生對這小貓感到好奇的。

「好羨慕初曉同學，居然可以近距離看到牠，我也很想坐窗邊呀。」

女孩子們大多對於小貓小狗都充滿博愛之心，此時已經是恨不得上去摸上一把了。

就這樣，大家對於同班來了個「小同學」都抱以寬容態度，雖然大家並不認為一隻貓真會對他們上的課有什麼興趣，但是牠就是那樣一動不動的在那裡蹲了四堂課，直到中午下課。

「你在搞什麼啊？」初曉對黑貓的行為甚是不解。

「我也是學生啊，當然想要追上學習的進度，萬一哪天我變回人了才開始追課程，那得多麻煩？」黑貓說。

「你還真是學習的狂熱分子，要是換我早就放棄了，貓又不需要學人類的知識。」初曉嘟噥。

黑貓正要開口說話呢，初曉就已經一副了然於胸的樣子點了點頭，說：「我知道我知道，你要說『我本來就是個人』嘛。」

「初曉，妳一個人在和貓自言自語些什麼呢？」

麗月捧著飯盒，轉過來跟初曉拼桌子吃飯，這時還有幾位平時習慣與她們一起吃午飯的女生們也相繼圍了過來。

「初曉，妳認識這隻小黑貓嗎？牠今天一整天都待在妳身邊呢，真聽話呀。」一個女生說。

「咦？這該不會就是妳剛才說妳家在養的那一隻吧？」麗月突然想起。

「就是牠。」初曉看了黑貓一眼，忽然伸出手去，捏著黑貓的脖子，把牠擺到桌子中央，嚴肅的說：「快來給大家打聲招呼。」

黑貓頭上冒汗，這明初曉同學也實在太不拘小節了吧?!

「小貓你好，你叫什麼名字呀？」那特別喜歡貓的女生已經興奮的伸出手來，摸了摸黑貓的頭了，那柔順的毛絨團摸在手裡真是異常的讓她心花怒放。

「喵……」黑貓敷衍的叫了一聲。

「哈哈哈……」只有初曉一個人聽到貓叫聲會笑出來。因為她知道，每當這趾高氣揚的小黑貓不說人話而改為貓叫的時候，就是牠力圖在迴避窘境的時候。

「對了，妳家這小貓叫什麼名字？」麗月當然不會天真的相信貓會自動報上家門。

「牠叫諾……」初曉正要說這貓叫諾雲生，但話還沒出口呢，手上就被貓爪狠狠的劃了一道。

「哇啊！」

「諾什麼？」大家都顯然在等初曉繼續說下去。

「牠叫諾……諾……」初曉表情僵硬的補完。

「原來叫諾諾呀，你好呀諾諾。」

女生們完全不理會初曉那不自然捂著手背的怪樣，繼續爭相調戲小貓去了。

「哼，你這個小騙子。」初曉恨恨的自己打開飯盒吃飯。什麼跟什麼嘛，明明是人，這會兒被一堆美女圍著又甘願當貓了，被摸來摸去備受寵愛的，正得意著吧？

這時候初曉正生悶氣，但黑貓就沒那麼走運了。牠原本就討厭被人圍繞的感覺，此刻還被當成寵物一般的玩弄更是讓牠鬱悶不已，都怪那個做事不經大腦的明初曉，幹嘛把牠擺到檯面上？這不跟直接把牠出賣了一樣嘛……

匀出一部分飯菜放在飯盒蓋子上，推到黑貓面前，初曉說：「吃吧。」

大家看到小貓居然還真的就低著頭吃那在盒子蓋上的東西，於是都紛紛打開自己的飯盒，從裡面取出各種精緻菜點放到那蓋子上面。

「小貓嚐嚐這個。是我的拿手好菜喔！」一個女生高興的說。

「呀，那也來吃吃看這個好了，這個也很好吃的。」另一個女生不甘落後，也放了一個小卷在貓的面前。

「貓不吃那種東西的啦。還是我這個好。」還有一個女生乾脆把自己的主要配菜，一整條小魚都放到貓飯盒那裡去了。

黑貓停下進食，默默的看著旁邊的初曉。

初曉似笑非笑的盯著牠，說：「真是帝王般的待遇呢，這下發現做寵物的好處了吧？」

被眾美女圍繞，又不停有人把美食送到跟前，還享受著萬千的寵愛，嘖嘖，這年頭真是當人都不及當寵物好啊！初曉忽然認真的對黑貓說：「不如你就當一輩子的寵物貓吧。」

「妳這混蛋給我閉嘴！！」黑貓終於怒了。

「哈哈哈，小貓發飆了，樣子好可愛呀！」

女生們可聽不懂貓言貓語，在她們的眼中這小貓只是無故的炸毛而已，不過那樣子也實在太好玩了。根本沒有人怕牠。

「明明是個很有前途的職業……」初曉不明白牠幹嘛這麼激動。要是換成她，說不定就這樣甘願一輩子當貓算了。

不過很顯然，黑貓的理想遠遠比她的大得多。

想當貓的人當不成貓，不想當貓的人卻變不回人，唉……這世界真是太杯具了，簡直是杯具一套套。

MIAOW 03 本貓不發威你當我Hello Kitty?!

對於初曉把家裡的寵物貓一起帶來學校，這一傳言漸漸的在同學之間流傳，越來越多人知道這隻混進了二年三班和大家一起上課的貓是初曉家的諾諾。

明初曉同學倒因為是這可愛的小黑貓的主人而備受注目了好一段時間，竟彷彿有幾分明星的架式了。當然，她並不知道自己這拉風的作派馬上就受到一些同班女生的鄙視。

「居然把貓帶來學校，以引起別人對自己的注意，真是譁眾取寵。」看不過眼這幾天明初曉風頭太勁的一個女生暗中恨道。

「就是，不就是養個寵物而已，用得著這麼到處炫耀嗎?大家都圍著她轉，得意忘形了吧?」暗黑女子四人組中的另一人也不滿明初曉的高調。

「哼，這種人，被吹捧個幾句就骨子軟掉，看來該有人教教她什麼叫『低調』。」當中一個看起來是領頭人的大姐頭冷冷的扔下一句。

「沒錯。給她點顏色看看，讓她知道做人別太囂張！」大姐頭的提議馬上就有人附和了。

於是一眾女生埋頭商量，準備給明初曉一個教訓。

但是，要給這不識時務的女生一個什麼教訓才好呢？暗黑女子四人組顯然頭腦也不比明初曉同學高明多少，大家都想破了頭。

「這還不容易，她不就是最緊張那隻貓嘛……」還是大姐頭一語定江山，提醒了眾人。

「原來如此！」大家互看一眼，都心照不宣的點了點頭。

「只要把那隻小黑貓捉住，看明初曉還能用什麼來炫耀！」

大家一致通過了這個偉大的計畫——沒收明初曉同學家小黑貓的計畫。這計畫真繞口，幾個女生連忙拿筆抄下來，光靠記憶都幾乎記不下來了。

作案時間定在放學後明初曉同學做值日生的時候。當然，會選擇這個時間行動是有依據的，因為黑貓現在基本上課時都待在明初曉身邊，像塊拉不開的磁鐵似的，這也是眾暗黑女子四人組不明所以的一個地方，這黑貓真是有點神奇，牠似乎只認主人，時刻都緊跟在旁，像極超級市場裡那買一送一的捆綁商品，不分拆不打折。

只有等明初曉同學在做值日生的時候，才有可乘之機。暗黑女子四人組已經擬定了一個超級方案——此方案名為《初曉同學一不留神黑貓就被擄走之ABC計畫》，這計畫名字長度又升級了，眾女生們不得不又抄一遍，真是的，這計畫商量下來紙都快不夠用了，這年頭不是都提倡環保來著嗎！

放學的鈴聲很快就敲響了。暗黑女子四人組迅速就位，飛一般的離開了教室，前往她們準備作案的地點。

「嗚……上課真是累啊。」明初曉這時還坐在位置上，伸著懶腰。

「妳上課都在開小差，這遊魂似的混完一節又一節課，連筆記都沒抄幾行，還敢喊累？」黑貓在窗邊，可是都看得一清二楚。

「什麼嘛，反正抄了也看不懂，不要浪費資源。」明初曉甩了甩空空如也的筆記本，她真不明白是誰發明抄筆記這種東西的，有什麼重點難點全印到書裡去不就得了，居然還要學生手動去抄，真無良。

「妳還要磨蹭到什麼時候？快走吧。」黑貓這時已經站起，打算和初曉一起離開學校了。

「我也想走啊，可是今天輪到我做值日生。」初曉一臉要死不活的樣子，那邊同是輪到做值日生的同學早就朝她打招呼了。

「初曉，妳去掃走廊，這次可別想偷跑哦！妳的學分已經快不夠扣了，小心變負數。」

黑貓看了初曉一眼，從那同學的話看來，逃掉值日生這種事情初曉肯定不是第一次。都立即被列入警告黑名單了啊。

「去去去，又抹黑我。」初曉最不滿的就是這種所謂的「學分」制，其實這種學分跟同學們對集體的貢獻值相關，並不止單純的把成績計算在內，平時的操行和對集體的維護還有一些組織上的活動都與這學分有關，換言之，成績經常吊車尾、偶爾遲個到，又或是不遺餘力逃掉值日生義務的明初曉同學，她的分數那是直逼地平線的低……

無奈的拿著掃帚和垃圾筒，初曉獨自去清理走廊了。

黑貓只好待在窗邊，等初曉做完值日生後再一起回去。

窗外風陣陣的吹過，庭院的小樹叢也發出沙沙的聲響，黑貓疑惑的轉過頭去看，那發出沙沙聲音的樹叢間，一下子爬出四個面目可疑的女生來……

這不是初曉班上的那幾位同學嗎？黑貓心下疑惑，不動聲色，牠倒想看看這幾個明顯想做壞事又不夠專業的女生到底想幹嘛？

「小玲，妳去封鎖左邊；珍珍，妳去封鎖右邊；婷婷跟我一起上。」中間一位看起來很有話語權的大姐頭一邊給身邊的女生們下著命令，一邊自己走位。

「小心貓跑掉。」大姐頭表情慎重，四人對正安靜的伏在窗台上的黑貓展開包圍的姿勢，一步一步小心趨近前去，想把牠一網成擒。

原來是衝著我來的啊？黑貓心裡鬱悶，完全不明白自己曾在何時何地得罪過這幾位女生了，她們捉牠打算幹什麼？總不可能是帶回家當寵物養吧。

意會到自己即將面臨著有生以來最大的危機——被綁架，黑貓不得不打醒著精神，這可是諾雲生當了十四年人都沒曾享受過的刺激待遇。

「呀！牠站起來了，不要讓牠有機會跳下地！」大姐頭一馬當先，就朝黑貓所在的窗邊衝了過去。

黑貓作勢要從左邊跳下，大姐頭身後的婷婷立即大叫：「小玲，妳那邊！」

小玲正要撲上活捉黑貓，卻不料黑貓忽而動作一頓，實際卻從右邊跳下地去了。因為一瞬間幾位女生的注意力都集中在了左邊，所以當黑貓中途改變方向的狀況大家都疏於防範，竟就這樣被牠成功突破了防守。

「假動作？！真是隻狡猾的貓呀。」被黑貓從面前跳走卻沒及時能做出反應的珍珍氣得直跺腳，女生們一哄而上，都追貓去了。

「擴大包圍圈！擴大包圍圈！」大姐頭立即再下布置：「千萬別讓牠躲進樹叢裡面！」

女生們一聽，立即展現出她們的合作精神，迅速的排開陣勢，黑貓淡定的在前面跑著，一邊還回頭瞧瞧幾位獵人的位置，跑位不錯嘛，不過她們剛才說什麼來著？黑貓心裡一邊想著，不讓我跑進樹叢？那就讓她們驚喜一下好了。

「哇！牠跑進樹叢裡面了，怎麼會這樣，剛剛牠明明不是跑這路線的啊！」本來跑得最快也最接近黑貓的小玲，眼看著黑貓捨近求遠，突然橫跑跳進旁邊的樹叢裡去，不禁大呼小叫起來。

「都是小瑛不好啦，妳說不讓牠跑進樹叢，牠就偏跑進去了，牠是在捉弄我們啊！」珍珍對之前一直在指揮的大姐頭抱怨。

「神經啊妳，貓怎麼可能聽得懂我們說的話，牠又不是哆啦A夢。」那名叫小瑛的大姐頭一邊反駁一邊召集大家再度改變追蹤的方向。「躲進樹叢裡還好了，肯定跑不遠，要是牠還爬到樹上，那才真是麻煩……」

小瑛的話還沒說完，大家都不約而同的站定了。四人的目光自下而上，盯著那迅捷的黑色身影爬上了樹桿直接消失在茂密的林葉中。

「暈……牠還真上樹了。」四人無語。

「妳確定牠真的聽不懂我們的話嗎？怎麼我覺得牠就是在跟我們作對啊？」婷婷問小瑛，此時的她把手搭在額前，也看不到黑貓躲哪去了。

「不會吧？」小瑛也不確定了。

「喵～」這時從樹葉深處傳來了一聲清晰的貓叫聲。

那猶如嘲弄一般的貓叫聲，讓樹下四個女生心生不忿。

「我就不信捉不到牠了。大家去拿工具！」小瑛再度下達指示。

「但是，要拿什麼？梯子嗎？」小玲皺眉的說：「這樣我們還沒爬上去牠就跑掉了啊。」

「拿什麼梯子，去拿根長竹子把牠趕下來就行了。」珍珍倒比較直接。

「那我去拿個網子。」婷婷也附和道。

小瑛負責站崗盯梢，留意黑貓的動向，女生們各自行動去拿工具了。

當女孩子們拿到了工具再度回到樹下的時候，黑貓倒依然蹲在那個樹椏上，完全沒有逃跑的意思，就在幾個女生摩拳擦掌的想要大幹一番的時候，身後卻傳來了一個嚴厲的聲音——

「妳們幾個，想對別人家的貓幹嘛？！」

四個女生嚇了一跳，幾乎連手上的作案工具都立馬要扔掉，回頭一看，站在她們身後的不是別人，正是她們要下手的黑貓主人——明初曉。

「什麼啊，我還以為是誰呢。」小瑛吐出一口氣，原本以為被老師或是校務員看到，正想著要怎麼解釋，沒想到只不過是初曉同學。

一開始的打算是立即就可以把黑貓捉到手的，根本沒料到竟然會花上這麼多的時間，在一番折騰之下，竟連要避開的關鍵人物也做完值日生工作了，在她們的原始計畫裡可沒有明初曉這個主人出場的安排，所以四個女生一時也不知該如何反應。她們面面相覷，各不言語。

明初曉見四個女生不肯回答，倒也沒在意，她直接抬起頭來，大聲的朝樹上問道：「喂，她們到底對你做了什麼？」

四個女生疑惑的瞪著明初曉，這是什麼意思？她是在直接向貓問話嗎？！接著大家都下意識的抬頭看向樹上的貓，彷彿下一秒就會從貓的嘴巴裡聽到不可思議的控訴。

「喵～」樹上只是傳來了一聲貓叫而已。

「噗！」婷婷首先忍不住笑出聲來。

「妳還笑？我家的貓說妳們想要捉牠。」明初曉一臉認真。

婷婷的笑容不禁僵在了臉上，她一時間也不知道明初曉是說真的還是假的。

「少被她唬住。」小瑛拍了拍婷婷，婷婷才回過神來。

「我們可什麼都沒有做哦。別想冤枉我們。」小玲鼓了鼓勇氣，也大言不慚的反駁。

「誰冤枉妳們？瞧瞧妳們手上拿的是什麼？我家的貓說妳們從我做值日生開始時就盯上牠了，一直把牠追到這裡來的。」初曉氣勢不減，大聲的說道。

「……」這下連小玲也不禁吞了吞口水，這明初曉不是去做值日生了嗎？怎麼好像現場直播似的看到了過程？

「我說妳根本就沒做什麼值日生吧？」小瑛指著初曉，對大家說：「這傢伙肯定一直在偷窺我們。」

「沒錯，真無恥！」大家一致聲討初曉。

「無恥的妳們居然對著別人說無恥那才是真無恥！」明初曉生氣的說。

「這是什麼？繞口令嗎？這個我可不在行啊。」婷婷低聲和大家說。

本來就理虧的幾個女生明顯也吵不過明初曉，而且詭計敗露她們也不想再留在案發現場被繼續挖掘出新罪證，只好急急丟下一句「誰管妳啊」就一溜小跑消失了。

「真是的，敢做不敢認嗎？不就是想捉隻貓而已，有什麼說不出口的，這麼感興趣的話送妳們玩幾天也是可以的啊。」明初曉說。

「妳當我是什麼！可以隨便送人玩的玩具嗎？」黑貓這時已經從樹上下來了。

「我說，她們幹嘛要捉你？」初曉到現在還對這個問題大惑不解。

「我怎麼知道！很明顯她們是衝著妳來對付我的吧，得罪她們的人可是妳啊。」黑貓說。

「怎麼可能。」初曉鄙視黑貓的推測。她說：「我的人生格言是寧得罪老師不得罪同學！」

「這種錯誤的格言早點給我丟掉！」黑貓真受不了初曉的脫線。

「我又沒對她們幹過什麼壞事……應該沒有吧……嗯，真討厭，想不起來了。」明初曉認真的思考著自己的壞事清單，不過因為太長了，目前搜索當機中。

「妳以後最好低調點，少給我惹麻煩。」黑貓說。

「呀，現在你是主人還是我是主人？沒禮貌！」明初曉指著黑貓叫。

「誰說妳是主人了，我不是寵物！」黑貓也叫。

「今晚不讓你吃飯。」明初曉說。

「……」黑貓同學估計想也沒想過有天自己會被這種幼稚的威脅絆住吧。這年頭當貓也是一件很無奈的事。

「嘿嘿嘿。」得逞的初曉不禁偷笑中。每次看到聰明的小黑貓一臉鬱悶的樣子，她就有種捉弄成功的快樂。

早就收拾好書包的初曉，和黑貓一起步出校門。

「喂，我說妳打算什麼時候開始幫我啊？」黑貓看著放學後就一臉高興的初曉問。

「唉？」初曉愣了一下，隨即也想了想，說：「也是呢，不過要從何入手呢？讓貓變成人這種事，也不是一朝一夕能成功吧？」

「我身上被施與的應該是一種失傳已久的『黑魔法』，據我所知能施這種魔法的人並不多才是……」黑貓一邊思索著什麼一邊說著。

「黑魔法？那是什麼東西？」初曉倒是第一次聽黑貓提起這些，她說：「為什麼你這麼確定自己所中的就是所謂的『黑魔法』呢？」

「因為這是我們家族族書裡流傳的一種魔法。但我以前一直以為這只是個傳說而已，這種荒謬的事情沒發生在自己身上的時候，誰也不會把它當真吧。」黑貓說。

「那也是。」初曉點了點頭，她說：「我到現在還有點懷疑自己是不是在做夢呢，我說，你到底是真的人嗎？」

換了話題。

「妳是想找死嗎？」黑貓朝初曉亮了亮尖銳的爪子。

「既然是魔法的話，那我們就去找魔法書看看有沒有解決的方法吧！」聰明的初曉立即就轉換了話題。

「魔法書？」黑貓聽到這個提議怎麼一點也高興不起來。

「問題！既然是找書，那應該去哪裡找呢？」初曉舉手提問。

黑貓真不想參與這種低級到近乎弱智的問答遊戲中去。幸好初曉也並不打算讓別人跟她搶答，她自己首先就積極公布了答案：「本市規模最大、收藏種類最多、最便民最體貼最知性的『方舟圖書館』，就是我們此行的目標，現在出發！」

「圖書館裡會有這種書嗎？」黑貓極度懷疑，但初曉已經興致盎然的大步朝前走了。

於是，這一人一貓便步行前往了只和學校相隔兩條街的市民公共圖書館。

當初曉一邊甩著書包，一邊要踏進圖書館大門的時候，看門的警衛叔叔卻把她攔了下來。

「這位同學，圖書館是不能帶寵物進去的。」警衛叔叔嚴肅的對初曉說。

「咦？」初曉一時反應不過來，低頭一看，黑貓正好也抬頭看她。

「寵物嗎……？你這樣說牠牠可是會生氣的哦。」初曉也嚴肅的告訴警衛叔叔。「再說了，這隻貓不是我的啦，只是牠老跟著我，沒辦法啊。」

「牠要是跟著妳不放的話，我們也沒辦法讓妳進去。」警衛叔叔似乎對初曉那無賴的推託之詞不為所動。

「真麻煩。」初曉無奈的看了黑貓一眼，只好和黑貓一起回過頭，走下圖書館大門的樓梯。轉到一個警衛看不到的角落，初曉對黑貓說：「喂，你先變成人吧，不然進不去呀。」

「又不是我想變就能變的，我怎麼可能做得到。」

「那怎麼辦？要不我自己進去看，你在這裡等我？」

「我無法相信妳個人的判斷能力。妳一個人進去的話，來了跟沒來的效果不是一樣嗎？」

「你這樣說也太狠了吧……」初曉咬著牙齒，雖然她在某種程度上也認同黑貓的話是沒錯啦，不過被人當面指出還真是有點不爽。

想了想後，初曉把書包的拉鍊拉開，打開書包蹲在地上朝黑貓示意道：「那只有委屈你一下了，進去裡面我會再想辦法的。」

黑貓望著書包，再望了望初曉，在稍作猶豫之後，還是進去了。

把拉鍊拉好，初曉整頓了一下儀表，拉正了衣服，再度擺出笑容大步朝圖書館大門邁進。警衛叔叔懷疑的看著初曉，不過黑貓的確不見了，他也不好發難，初曉經過警衛的身邊時，還特意跟他打了勝利手勢。

背後的警衛依然緊盯著初曉經過的可疑身影，初曉吐了吐舌頭，加快了腳步，要是這個時候被叫停下來要求打開書包檢查的話就糟糕了。

終於成功混進了圖書館，初曉在大樓中央的借閱大廳裡找到了電腦，搜索了一下目錄，雖然只是抱著試試看的心態，檢索了一下關鍵字，沒想到還真被她找到一堆關於「魔法」的書籍。

「哇，這是真的還是假的？在這個飛機早就滿天飛的年代，還真的有魔法大全這種東西存在嗎？」初曉一邊咕噥著，一邊用紙抄下書的編號和所在的位置。

初曉拿著書單，直接上了三樓，在一堆系列書裡尋找著，終於拿到了她要的幾本書。一本是《魔法起源》，一本是《魔力星球》，還有一本《魔法全書》。

挑了個靠牆邊的角落，初曉坐了下來，將書包抱在懷裡，把拉鍊拉開。黑貓的頭馬上就冒了出來，牠深深的呼吸了一口新鮮空氣，低聲說：「我差點以為自己要悶死在裡面了。」

「一點小苦頭也吃不消，真是的，這才是你變成人類之前必經的小小試煉的第一步而已。」初曉哼了一聲。

「書呢？」黑貓大半還藏在書包裡，就這樣窩在初曉的掩護下和她一起翻閱面前的幾本書。

「在這裡。」初曉給黑貓展示了一下。

「怎麼才三本？」黑貓似乎對初曉挑選的書有異議。牠拍了拍那本《魔力星球》說：「還有這本是童話！根本不適用吧？」

「三本已經很多了！一天看太多書腦子不會塞住嗎你？」初曉先把《魔力星球》挑了出來，隨手翻了翻，果然是插圖多過文字，乾脆扔一邊去了，十秒鐘就搞定一本，這速度真不是蓋的。

「妳的腦子裡有百分之九十的位置都是空的吧，怎麼也不可能塞住的。」黑貓說。

「再說我就把書都塞你嘴巴裡。」初曉又挑了本《魔法起源》，開始翻閱。

黑貓也不跟初曉鬧了，專心的看起書面上的字來。

關於魔法的傳說，最初的記載要追溯到源遠流長的遠古時代……那時的魔法還被稱之為巫術，會操作的人被稱為巫師……在原始部落裡，人們因為知識貧乏，敬畏自然，於是選擇信奉異能……

初曉飛速的翻頁，黑貓經常沒看到幾行字就被她嗖嗖的翻過去了，不禁生氣。

「喂，妳到底有沒有在看？！」黑貓說。

「有啊。」初曉嘩啦嘩啦的就直接把書頁掠到了最末。「看完！」

「……」黑貓無言了。如果這也能算是看書的話，那真可以收集進最馬虎看書方法的世界紀錄裡了，怪不得這女生的成績都這麼爛，因為所有書籍在她面前都是浮雲。

「這樣的話，怎麼可能找得出線索？」黑貓皺眉，這樣來圖書館看書的意義又何在呢？

「這本書就光會說些理論性的東西，有什麼用？我們要找有寫實際操作方法的書才對啦。這樣看，看到明天也看不完。」初曉理直氣壯的反駁道。

黑貓呆了一下，初曉這樣說倒也沒錯，而且天知道這些所謂的理論跟自己的情況又是不是同一個系統的。問題出在初曉這種極不認真的態度裡，讓黑貓懷疑她到底有沒有可能找出能讓自己變回人類的方法。

「看！這本書就很有用啊。方法是大大的有喲！」初曉這時已經翻到第三本書了。

黑貓一聽，也來了精神，立即轉回頭去看書。

初曉手上的是最後的一木《魔法全書》，光看目錄就有一串「XX的魔法」的選擇，例如《讓人交上好運的魔法》、《讓你變年輕的魔法》、《提升異性緣的魔法》……一串串帶有實操說明文字的標題，就讓人有種「裡面可能存在著《讓黑貓變成人類的魔法》的篇章也說不定」的感覺。

俗話說，人在絕望的時候，就會相信一些不切實際的幻想，這讓黑貓在一定程度上也輕信了這毫無根據的猜測。

兩人專注又認真的閱讀著內文，在看到某一篇的時候，初曉也不禁露出了一點鄙夷的神色，說：「喂喂，這本書真的不是無良出版商弄出來騙騙小女生的遊戲指南吧？你看這篇《讓你懂得與十種以上動物交流的魔法》，裡面介紹的方法好白痴啊，照著做真的能行嗎？我懷疑會不會真有人上當，稍有腦子的人也不會相信這種事情吧。」

「為什麼妳這麼肯定？」黑貓對初曉的結論不以為然。

「人怎麼可能和動物交流？你倒給我舉個例子看看。」初曉說。

黑貓盯著初曉，初曉也盯著黑貓。

活生生的例子就在眼前，初曉忽然緊急的往前翻著頁數，大叫道：「前面有一篇《讓你三天之內變聰明的魔法》，得趕緊把方法記下來才行！」

原來童話都是真的啊，初曉滿心興奮，恨不得把整本書都抄下來了。

結果初曉一心只顧著抄寫，時間磨蹭著就過去了大半，到了閉館時間，警衛叔叔已經進來開始清場了。

「糟糕，有人來了，你快躲回書包裡去。」初曉不理還盯著書看的黑貓，一把將牠的頭按進書包裡就拉上了拉鍊。

「同學，閱讀時間已經結束，圖書館要關門了。」警衛對初曉說。

「是的是的，我知道啦。」初曉緊張的抱起書包，心虛的繞過警衛溜了。

結果這一趟的圖書館之行，還是沒能找到有關黑貓能變成人類的方法。

「不過今天收穫不少。」初曉抱著抄得歪歪斜斜的一堆咒語，還正樂著呢。

黑貓無精打采，只覺得前路渺茫，不知貓生要捱到何時才是個頭了。尤其身邊的這位滿口應承著要幫牠的少女，渾身上下都彰顯出一副靠不住的樣子。

正思考著明天要從什麼方向展開新搜索的黑貓，走出了好一段路才發現身邊的初曉不見了，牠左看右看也找不到這個女生的影子，只好停了下來。

回過頭去才發現，初曉此時正對著圖書館門外的一張海報在仔細閱讀著，那專注又認真的表情，讓人不禁懷疑那海報是關於某類高價失物懸賞的告示。

「喂，妳在看什麼呢？」黑貓踱了回去，從牠的角度，看不太清楚上面寫的是什麼。

「我不是在做夢啊！這是真的真的真的！！」初曉卻像撞了邪一般，雙眼冒著星光。她指著海報激動的對黑貓說：「我夢想的舞台出現了！我的人生也會因此而改變！」

「到底在說什麼？」黑貓完全聽不懂。

「我暗自許了五年的願望，今天終於出現了啊！」初曉雙手高舉，激動的轉著圈圈，大叫道：「銀星歌唱大賽終於對各學園展開招募了！」

「銀星歌唱大賽？這是什麼跟什麼啊……」黑貓歪了歪頭，還是看不到海報的內容。

「你居然連銀星歌唱大賽也不知道嗎？！這可是知名度極高的專業音樂比賽，明日之星的搖籃，青春偶像夢工廠！很多歌手都是從這比賽裡顯露才華從而成名的啊！而且，這個比賽以前一直不對外招募的，一般只有在音樂學校的學生才有資格參加，但是今年它終於打破限定，全範圍招募了！」

「妳要去參加嗎？」黑貓問。

「那當然！」初曉對黑貓的疑問也感到被冒犯了一般，對牠搖著手指說：「這可是我從小就夢想的比賽，我怎麼可能會放過這一次的機會！」

「這可是歌唱比賽，不是吐槽大賽，妳確定妳能行嗎？」黑貓說。

「這話是什麼意思？」初曉不滿。「我除了吐槽就沒別的功能了嗎？這可是滿懷著少女夢想的青春熱血勵志故事！」

「連初賽都進不了的少女，到底哪裡勵志了？」黑貓面無表情。

「別在比賽還沒開始就詛咒我啦！」初曉要抓狂了。

「妳根本沒有唱歌的才能。」黑貓斷言。

「別把唸書的才能跟唱歌的才能混為一談。你又沒聽過我唱歌。」初曉無視黑貓的打擊。

「……」初曉說的是事實，黑貓也無法反駁。

事實上牠的確是有點主觀的認為初曉不會唱歌，因為——她就長了一副不會唱歌的樣子嘛！好啦，這理由的確是有點牽強，黑貓只是覺得初曉一旦要去參加這個叫什麼什麼星的比賽的話，那之前答應要幫牠的事又該怎麼辦呢？以她那半吊子的辦事能力，這個比賽的出現無疑是對牠雪上加霜啊。

但完全不知道黑貓心思的初曉，卻一邊研究著比賽的詳情，打開筆記本，把上面的內容一字不漏的抄寫下來。比之前抄那些咒語還要更用心個一百倍。

當夕陽終於落下，黑夜降臨，初曉才懷著意猶未盡的激動心情，與黑貓一起踏上歸途。

一路上初曉都在給黑貓解說那個她所熱衷的銀星歌唱大賽，而黑貓卻異常的沉默。

獨自陷入夢想快將實現的喜悅中，初曉滔滔不絕，完全沒有留意到黑貓憂慮而低落的心情。

回到家後，初曉就立即對家人宣布了這個重大的消息，對於從不反對孩子發展自我興趣的雙親來說，倒是全力支持初曉的比賽決定，於是初曉的信心前所未有的上升到新的高度。

晚飯過後，初曉偷偷把預留的一些飯菜端進了房間，打開了窗戶。黑貓已在窗外等候多時，窗一打開牠就跳進房間裡來了。

「今天晚上吃魚哦！你賺到了。」初曉笑咪咪的對黑貓說。

黑貓看著初曉擺下的「小餐桌」，這還是特意為了黑貓而準備的專用品，因為之前的小盒子用過一次就不能用了，初曉乾脆把自己以前最寶貝的餐品玩具都拿出來貢獻給小黑貓用。

看著初曉把飯菜放好，黑貓卻不明所以的說了一句：「其實並不是所有的貓都喜歡吃魚。」

初曉意外的瞧了黑貓一眼，她說：「這句話裡有著什麼哲理嗎？」

「沒有。」黑貓低頭進食。

「喂，你到底怎麼了？」初曉這時才發現黑貓的心情似乎並不怎麼高興，她奇怪的問：「你看起來好像沒什麼精神的樣子啊？」

「我說，妳真的會遵守約定嗎？」黑貓突然沒頭沒腦的丟出一個問題。

「什麼？」初曉坐在書桌旁邊，托著頭看貓在上面吃東西。

「幫我找到變回人類方法的約定。」黑貓說。

「當然會啊，為什麼這樣問呢？」初曉奇怪的說：「我像是不守信用的人嗎？」

「我只是再確認一下而已。」黑貓吃得並不多，食物居然剩下不少。

「你該不會是為這個在煩惱吧？」初曉終於明白黑貓這晚反常的原因了，她拍了拍黑貓的頭說：

「放心啦，一定可以找到方法的，要是你變不回人類，大不了我養你一輩子。」

「被妳求婚真是讓人高興不起來。」黑貓把臉扭向一邊。

「誰在向你求婚啦！誰？！」初曉大叫，讓她說出這麼肉麻的話也算了，都是因為看牠這麼低落才想說安慰這傢伙一下下，沒想到居然還被一隻貓嫌棄，真是氣死人了。

「初曉，妳又一個人在房間大喊大叫些什麼呢？」樓下媽媽的聲音傳了上來。

「我……我在練習發聲啦！」初曉只好撒謊回應。

「不要練習的太晚，還有要記得好好做功課，知道嗎？就算參加比賽也不能忽視學業。」媽媽說。

「知道了啦。」初曉一邊應付著，一邊對著黑貓做了個鬼臉，低聲說：「上課你都有認真在聽吧？功課一定難不倒你啦，這段時間就拜託你幫幫忙了。」

「自己的功課請自己完成。」黑貓不理初曉，自己跳下桌子，再跳到小沙發裡。

「喂！」初曉不滿。不過見黑貓不為所動也沒什麼辦法，只好自己悻悻的打開作業本，獨自挑燈奮戰去了。

MIAOW 04

妳懂音樂嗎？

一大清早的，初曉就爬了起床。這是極罕見的現象，初曉平時不是在媽媽多番叫喊下才不情願的早起，就是直接無視鬧鈴的把自己蜷在被子裡面。

這時，連黑貓都有點迷糊的還在半睡中，就聽到初曉對著窗外「伊伊呀呀」的不知道在鬼叫什麼。

「妳在幹嘛？一大早的就擾人清夢，喉嚨發炎嗎？」黑貓用爪子擦了擦眼睛，因為是夏天的緣故，比較早天亮，此時外面已經是一片天朗氣清的樣子了。看來是個好天氣呢。

「你才喉嚨發炎，不懂就別亂說，我這是在發聲。」初曉不理會黑貓的投訴，繼續張大嘴巴「喔喔哦哦」發出不明意義的聲音。

為了這個銀星歌唱大賽，連一向貪睡的壞習慣也改掉嗎？黑貓不得不佩服一下初曉的決心。

「初曉，快下來吃早餐了。」樓下媽媽叫道。

「來啦！」初曉精神飽滿的應了一聲。收拾好書包，轉頭對黑貓說了句「在院子外面等我」就跑下樓去了。

黑貓也在小沙發上伸了伸懶腰，然後從窗子縫邊溜了出去。

當初曉從門裡跑出來時，嘴裡還咬著一片麵包，小黑貓早就在外面的圍牆邊上等著了，初曉經過的時候黑貓正好一躍，跳到她的肩膀上。

把麵包塞給小貓，初曉一邊哼著小調，一邊朝學校快步跑去。

到了學校的時候，還有十分鐘的時間才正式上課。

初曉一邊收拾著的時候，好友麗月轉過頭來問她：「今天心情很好的樣子啊？發生了什麼好事？」

「咦？看得出來嗎？」初曉雙手撫著臉，居然擺出害羞的樣子來。

「妳是在懷疑我的視力還是聽力？看妳一大早的就又笑又唱，都那樣明顯了，還看不出來的人是瞎了吧。」麗月笑著說。

「既然已經被妳發現，那我只好實話實說了。」

初曉一臉的大度，麗月看著她，明明就是一副迫不及待要宣告世人般的樣子，還裝神秘呢。

「千都學園明日之星，未來最具潛力的新進女歌手，萬眾矚目的未來青春偶像，明初曉——就是我！」初曉擺出專業POSE，彷彿已站在了世界的頂端一般，俯視著在座位上正仰著頭看她的麗月同學。

「哇，好厲害。」麗月超級配合的給初曉鼓掌。

「這位熱情的粉絲，要找我簽名的話，就趁現在了。」初曉拍了拍麗月。

「初曉妳還沒放棄那個想要當歌星的夢想啊？」麗月鼓完掌後就直接轉換回普通友人的身分，她說：「可是如果我沒記錯的話，妳不是連樂譜也不會看嗎？」

彷彿被一箭刺穿了腦袋的初曉抽了抽嘴角，避重就輕的說：「不會看不代表不會唱嘛，反正站台上只要能完整把歌唱出來的話，也沒有人會管妳懂不懂樂譜，是不是？」

「但妳要當的是專業歌手吧？專業的歌手卻連基本的樂譜都不會看，這好嗎？」麗月歪頭。

「真囉嗦！那種事以後再說好了。」初曉已經嚴正的阻止了這個她完全不想觸及的話題。

上課鈴聲正好打響，麗月也只有轉回頭去不再煩初曉。

不過，一心已經陷進了比賽事宜中的初曉，根本沒有辦法安心聽課，她腦子裡圍繞著的都是「不會讀譜的歌手」這個沉重的思考，一個連最基本的樂譜也不會看的歌手，這世界上應該是存在著的吧？一定有的吧？到底哪位歌手是非常有名卻是不會看譜的呢？初曉拚命想啊想啊，結果一臉灰暗的想了一整堂課。

黑貓依然伏在窗邊陪讀，牠一邊看老師在黑板上寫下重點，一邊看初曉在座位上抓頭髮陷入人生苦思，過得非常充實。

下課的時候，教室的角落裡又響起了陰謀的號角，暗黑女子四人組再次集合，不過這次她們商量的話題卻不再是如何對付初曉家的小黑貓了。

「喂，妳們有沒有聽到剛才上課之前明初曉說的話？」婷婷問幾位同伴。

「是她大聲嚷嚷著說當歌星的那件事嗎？」小玲說。

「明初曉同學想當歌星？這我還是第一次聽說。不過，看她這麼興奮的樣子，難道是已經計畫著什麼了？」珍珍看了看身邊的小瑛。

「妳們不知道？銀星歌唱大賽快要開始了，現在正是報名階段，估計她就是打算要去參加那個比賽啦。」小瑛的猜測倒是比較接近事實真相。

「哦，那個比賽我也有聽說，很厲害啊，這次舉辦的是校際賽，雖然說是各校學生都可以報名，但其實是有一定限制的。」婷婷說。

「婷婷、小玲，妳們是本校合唱團的成員吧？銀星歌唱大賽的事情應該比較了解不是嗎？」小瑛說。

「嗯，上次團練的時候，我們合唱團的老師已經說過這件事了，不過這次是舉辦個人賽，老師也很鼓勵我們大家報名參加，據說只要找音樂老師拿報名表就可以了。」婷婷說。

「不過因為比賽名額有限，所以報名表格是先到先得，而且也不能重複申請。」同是合唱團的小玲說。

「原來不可以重複申請嗎？」小瑛思索了一下，立即得出一個主意，她對其他幾位女生說：「這樣的話，如果某人在申請拿到報名表之後，又不小心把報名表遺失了的話，是不是就失去了參賽的機會呢？」

「理論上是這樣沒錯。」婷婷點了點頭。

「這個某人是誰？」珍珍舉手提問。

「妳說呢？！」大家異口同聲，對珍珍投以極鄙視的目光。

珍珍立即捂住嘴巴，不敢出聲。雖然這個「阻止某人參加銀星歌唱大賽」的點子是一致通過即將實行了，但大家還是不禁為明初曉同學報以默默的哀悼，卻又一邊希望她能大受打擊。

另一邊廂，初曉在第一節下課之後，就從座位上站了起來。

「這麼快就去申請嗎？」麗月問。

「當然，萬一報名名額被搶光了怎麼辦？」初曉這樣說的時候，人已經跑出教室直奔音樂教員室了。

音樂老師正在收拾著資料，就見一個學生急匆匆的從外面衝了進來大叫著：「報告老師！我

是二年三班的明初曉，我是來報名銀星歌唱大賽的。」

音樂老師回過頭來，對初曉笑了笑說：「哦？沒想到還有非合唱團的人會來參加這個比賽，妳有把個人資料帶來吧？」

「個人資料？」初曉一臉迷茫，那是什麼東西？

「就是妳的一些歌唱方面的簡歷。」音樂老師看到初曉滿臉的疑問，有點苦笑道：「妳該不會是連這個也不知道吧？那也沒關係，那邊有表格，妳現在填寫一下也行。」

「哦……」初曉的確不知道報名參加個比賽還得交什麼簡歷，不過什麼都有第一次嘛，她倒是不介意這些小事。初曉直接拿過老師遞來的簡表，討了筆就坐到一邊填寫去了。

除了填上了學校名稱、班別、姓名和年齡等基本的項目後，表格下面一大串的空白卻把初曉給難住了。

在把表格交回給音樂老師的時候，老師對著那下面的一片空白呆了一下，對初曉說：「妳確定自己填好了嗎？」

「是的。」初曉回答，「會填的我都填好了。」

「那，這個音樂特長……妳好像還沒有填上哦？」音樂老師又問。在猜測初曉可能不理解這項的含義，老師還特意解釋：「妳有什麼音樂方面的優勢是可以填上的，例如妳懂得哪種樂器啦，又或許妳特別擅長某種流派的唱功或技巧，都可以填的。」

「但是我不懂樂器，至於我擅長哪種技巧……還在研究中啦，啊哈哈哈……」初曉摸著後腦打了個哈哈。

「這樣啊。」老師推了推眼鏡，又指著下一欄說：「那這個音樂經驗，妳也沒有填呢，以前有參加過什麼音樂社團，或是有過什麼相關訓練，甚至參加過哪些比賽，都可以填。」

「那些……我也沒有。」初曉繼續笑著打哈哈，臉都快僵了。

「哦？」老師的笑容也有點歪了，她說：「一點經驗也沒有的話，雖然也是可以參加，不過銀星歌唱大賽可是一個對專業質素要求相當高的比賽哦，如果只是抱著玩玩看的心情參加比賽的話，那是不行的呢。」

「我不是抱著玩玩看的心情參加的！」初曉激動的說：「我是很認真很認真的在對待這次的比賽！請妳相信我！」

「呃……」音樂老師沒料到這個在學校裡出了名吊兒郎當的初曉同學，居然也會擺出這種熱切而堅定的表情，稍想了一下後，她說：「那好吧。這裡是報名表，請妳填好後請家長簽上名字，然後再交回來給我，請盡量別填錯，因為沒有備份，遺失報名表就當棄權處理，明白嗎？」

音樂老師終於把珍貴的報名表交到初曉的手上，光是看到上面印有特製的銀星標誌，初曉就感動得幾乎要哭出來了。

抱著如戰利品一般的報名表，初曉一臉沉浸在美夢中的表情回到了教室。

「咦?笑得這麼高興，看來申請很順利嘛。」麗月一看初曉的表情就猜到結果了。

「嗯!」初曉喜孜孜的。

因為心情不錯，所以即使第二堂是初曉完全沒有準備的隨堂小測驗，初曉少有的沒有抱怨。

「妳笑的樣子真噁心。」黑貓在窗邊說。

「你懂什麼?」初曉對黑貓冷哼一聲，擺出不在乎的樣子，她說：「你能理解那種自己正一步一步接近夢想的感覺嗎?那是就算考到了一百分也比不上的美妙心情!」

「那是因為妳從來就沒考過一百分吧。」黑貓一語中的，初曉別過頭去假裝沒聽到。

同一時間，在教室的另一個角落。

「看來初曉同學已經順利拿到報名表了。」暗黑女子四人組之間的消息也開始互通了起來。

「那就照計畫行動。」各人都收到了明確的指示。

放學後，寧靜的校園再度熱鬧起來。

同學們背上了書包，大家互相道別陸續離開了教室。初曉和麗月也一邊聊著天一邊收拾準備離開，這時，一個同學在外面叫道：「明初曉，音樂老師有事找妳。」

「哦!」初曉應了一聲，心想音樂老師找自己有什麼事呢?不過隨即想到有可能是關於銀星歌唱大賽的一些事要跟自己說吧，這可是怠慢不得的，初曉連忙跟麗月說：「抱歉了，妳先走吧，我還要去音樂教員室一趟。」

麗月點了點頭就獨自離去。

初曉把書包留在教室，就匆匆忙忙趕去音樂教員室找音樂老師。

等初曉的身影完全消失了之後，幾個一直在角落裡等待著機會的女生們就開始聚集了。一直伏在窗邊的黑貓默默的注視著事件的發生，牠看到了剛剛對初曉說音樂老師有事找的那個女生，正是那天參與了捕貓行動的其中一員，好像是叫婷婷來著。

暗黑女子四人組慢慢朝初曉的座位接近，其中三人作掩護，一人躲在掩護下偷偷的翻找著初曉的書包。因為已經是放學時間，留在教室裡的人已經比較少了，加上作為掩護的三個女生一直假裝聊著天，擋在初曉的位置旁邊，所以也沒有引起任何懷疑。

「找到了！」負責檢查初曉書包的小玲低聲對三人說道，於是大家迅速撤離了現場，就這樣神不知鬼不覺的偷走了初曉的報名表。

黑貓看到她們偷走了報名表不禁站了起來，但是這個時候的初曉還在前往音樂教員室的路上呢，就算立刻去通知她再趕回來的話也恐怕太遲了，誰知道這幾個惡劣的傢伙打算把初曉的報名表怎麼樣？萬一她們乾脆把那張紙直接撕掉的話……黑貓不禁想到初曉那充滿期盼的雙眼，她對這次的比賽可是投注了十二萬分的熱情和專注。

絕對不可以讓她們得逞！黑貓迅速的跳下，緊緊的跟上了暗黑女子四人組。

得手的四個女生也正在討論著要怎麼處置這張報名表。

「要是丟棄在學校裡的話，搞不好會被人發現，還是離開學校再處理比較好。」小瑛的這個決定也得到了大家的認同。

「乾脆燒掉吧，這樣就沒有人會知道了。」小玲提議。

「喂……妳們有沒有發現，剛才就一直有隻貓在跟著我們。」珍珍是最先發現小黑貓在後面跟蹤的人。

「咦？那隻黑貓，不就是初曉同學養的那一隻嗎？」婷婷也認出來了。

「牠一直跟著我們是想幹嘛？」珍珍疑惑著，望了望大家說：「該不會我們幹的事都被牠看到了吧？」

「就算被貓看到了又怎麼樣，難道妳以為牠能告發我們嗎？」小瑛說。

雖然是這樣說沒錯，但大家都覺得有點毛毛的，如果是隻普通一點的貓也就算了，但跟著她們的這一隻卻偏偏是初曉家的小黑貓，想說牠跟這件事完全沒有關係也實在有點讓人不敢相信。

是巧合嗎？大家互望著，不禁看向小黑貓。

但就在四人組都想著黑貓到底想幹嘛的時候，卻沒料到眼前的黑影凌空一閃，就直接朝她們撲了過來。

「哇啊！！」首先受到貓爪攻擊的是小玲，她的手上還正握著初曉的那張報名表呢，這時被貓直接撲到臉上，首先就陣腳大亂了，她一邊叫喊著一邊要把貓趕下來，當黑貓再度跳到地上的時候，牠的嘴巴裡已經含住了報名表，直接就朝前奔跑了。

「啊，報名表被貓偷走了！快抓住牠！」婷婷發現了黑貓的企圖，立即呼喊。

女生們立即追趕著黑貓，因為前面的路沒有阻礙物，也沒有可以作為掩護的樹叢，黑貓一時沒有辦法擺脫掉四個女生的圍剿。

在追出一段路後，小瑛率先撲出，伸出手成功按倒了黑貓，黑貓叼在口中的報名表被搶了回去，接著毫不客氣的回身給了小瑛一爪子，小瑛吃痛的鬆手，黑貓又逃掉了。

雖然已經搶回了報名表，但小瑛撫著浮現出紅痕的手背，氣不打一處來。她大叫道：「給我追！！」

女生們再度一哄而上，追趕著前面逃跑的黑貓。

黑貓體形雖小，速度卻不慢，迅捷的拐了個彎，就跑進了前方的一個岔道中。

當四個女生前後趕上的時候，卻和拐角處正朝這個方向走來的一個男生撞了個滿懷。

隨著女生們一聲聲的唉喲叫痛聲中，那個被撞到的男生也皺了皺眉，他說：「妳們幾位，走路可以看清楚前面嗎？」

「你才……」跑最前面被撞得最痛的珍珍本來正要大罵「你才沒看路呢！」，但隨即看到眼前的男生後，忽然住了嘴沒再作聲。

「對不起！是我們不好。」後面幾個女生在看清楚了眼前的男生是誰之後，都不約而同彎腰道歉。

「真是冒失的小姐們，什麼事讓妳們這麼著急？」男生拍了拍身上的衣服，隨即發現了飄在腳下的一張紙。他彎身把紙撿了起來，看了看說：「銀星歌唱大賽報名表？」

「呃，那個東西，是我們的啦。」女生們說。

「哦？」男生微微笑著，看了看上面的名字，說：「妳們哪一位是明初曉？」

「……」女生們面面相覷，雖然現在隨便一個人上前冒認也是可以，但萬一日後東窗事發的話，那事情就大條了，尤其面前這個男生的身分，還是她們不敢得罪的人。

「這是我們暫時幫初曉同學保管的，我們正要還她呢。」女生們只好撒了個謊。

「初曉同學的話，現在應該還在音樂教員室吧，和妳們要去的方向不同呢。」男生看了看幾位女生，她們的表情明顯都怔了一怔。

「我正好有事過去那邊，就由我代妳們把報名表還給她吧。」男生隨意的說著，直接就把紙收走了。

等他完全遠去之後，女生們還有點回不過神來。

「喂，剛才的那個，是學生會會長——諾雲生沒錯吧？」珍珍說。

「他跟明初曉很熟嗎？」婷婷也有點不敢相信的說：「精英班的學生不都是在西教學樓上課

的嗎？不可能和我們普通班的人有交集才對啊！」

「而且，他為什麼會知道初曉在音樂教員室？」小瑛也加入了疑問少女團。

大家驚恐的對望，該不會又是她們幹壞事的時候被這位學生會會長給看到了吧？

雖然滿腦子的問題未能得到解答，但是誰也沒有勇氣去跟學生會找碴，那可是一個不可觸及的可怕組織啊，據說本校的學生會勢力僅次於校長，甚至連校長也要禮讓三分。

就在暗黑女子四人組心存疑惑的當下，另一邊的初曉卻像被踩到尾巴的貓一樣在炸毛了。

「我的報名表呢？！」

初曉把自己的書包幾乎全翻倒過來，還是沒找到那張重要的報名表。之前被人騙去了音樂教員室，直到自己傻乎乎的去找音樂老師，卻被老師告知根本沒有傳喚過她，初曉原本還不知道這中間是出了什麼狀況，等到她回到教室，看到自己的書包明顯有被人翻弄過的痕跡，她才如夢初醒的衝過去檢查。

這一看之下，別的什麼都還在，偏偏最重要的銀星歌唱大賽報名表卻不翼而飛，初曉捂著頭不可置信的大叫：「到底是誰這麼缺德，教科書想要多少都拿去好了為什麼要偷我的報名表！」

現在仔細回想一下，剛才喊自己去音樂教員室的人好像就是婷婷。

「又是她們在搞鬼嗎？」初曉氣呼呼的，上次想要偷貓也就算了，這次居然還妄想要破壞她的未來星途，實在不可原諒！

「跟妳們拚了！」初曉甩上書包，正打算去找那幾個可惡的女生算帳，這時身後傳來了一聲貓叫。初曉下意識的回過頭去，就看到小黑貓跳上了窗子，嘴角邊上叼著一張皺巴巴的紙。

「喂，妳的東西。」黑貓把紙扔在桌面上。

初曉聞言立即衝到黑貓身前將那張紙奪到手裡，她終於看清楚了這正是自己遺失的報名表，興奮得大叫的初曉一把將黑貓抱在懷裡大哭說：「你真是太好了，諾諾！我就知道你是我的福星！」

被初曉抱得幾乎窒息的黑貓毫不領情的把她的頭用力推開，嫌棄的說：「離我遠點！」

「真是不可愛。」初曉被推的臉上還留下了鮮明的貓印子。不過她轉瞬又高興起來，狂吻著報名表。

「明知道自己容易出狀況就該小心一點啊。」黑貓教訓初曉。「像這種事情，要不是剛好被我碰到，妳倒是打算怎麼辦？」

一想起剛才發生的事情，黑貓還是不得不為自己捏一把汗，若是在那個關頭自己沒有突然變回人類控制住了事態的話，報名表就鐵定落入對方的手裡，不知何時被毀滅了。

「謝謝你。」初曉認真的對黑貓道謝。

「妳要是真心感謝我的話，就給我更有誠意一點。」黑貓說。自己最需要的是什麼，她早就知道了不是嗎？

「是的，黑貓大人！我們現在馬上就出發吧。」初曉把報名表慎重的貼身收好，就指著前方大步踏去了。

「出發到哪去？」黑貓雖然這樣問著，但也躍到了初曉的肩上。

「當然是圖書館啊。」初曉想也不想的說。

今天也要去看魔法叢書嗎？黑貓雖然無奈，不過好像除了暫時從這方面入手，也沒有別的辦法了。

但是，當初曉和黑貓再度用昨天的方法偷溜進了圖書館後，初曉卻沒有像昨天一樣去三樓找魔法書，而是直接上了四樓的音樂專欄，找相關資料去了。

「我們不是來看魔法理論嗎？」黑貓問初曉。

「啊啊，我也好想能找到可以讓人馬上懂得看樂譜的魔法啊。」初曉一邊嘀咕著，一邊在音樂叢書中翻找著自己能參考的書。

「唉，隨便先看個幾本吧。」初曉在眾多的選擇中無從下手，最後只好隨手點中哪本就拿哪本了。反正參考書這種東西，本本都差不多的啦。

看著只拿到了音樂教材就回座位去的初曉，黑貓皺起眉頭不滿的說：「那我呢？」

「嗯？」初曉看了牠一眼，才恍然的「哦」了一聲，又跑到魔法書那個書櫃隨便拿了一本。

同樣是挑了個沒什麼人會經過的轉角位置，初曉把魔書和音樂書靠在左右兩邊，這樣黑貓和她都可以同時閱讀了。

一人一貓都在專心的看著，但是初曉都只顧著翻閱自己的書籍，每次在書包裡的黑貓叫初曉幫忙翻頁時，初曉總是胡亂伸出手去翻著，還經常跳頁，讓黑貓鬱悶不已。

在看到一個段落時，黑貓眼前一亮，牠高興的說：「初曉初曉，妳看這裡，這裡有提到人與動物之間轉化的魔法！」

「嗯……」初曉的視線根本沒飄過來，只是隨口應了一下。

「初曉，這本書裡的理論不完整，不過它裡面有提到另一本書，圖書館應該也會有的，去給我找一下啦。」黑貓黑睛閃閃的期待著。

「嗯……」初曉回道。

「初曉。」黑貓又叫。

「嗯……」初曉還是懶洋洋的，一分鐘後她迷茫的從書裡抬頭，對黑貓說：「其實我說就算不會看譜也不代表不會唱歌嘛，只要我唱得好，評審還是會給我高分的不是嗎？你覺得呢？」

「……」黑貓生氣的瞪著初曉。

看到滿臉怒容的黑貓，初曉認命的嘆氣道：「唉，連你也覺得這樣不行嗎？」

「明初曉！」黑貓大聲叫道。

初曉還來不及回應牠，旁邊已經有管理員走了過來，還一邊說著：「奇怪，怎麼好像聽到有貓的叫聲？」

「糟了！」初曉嚇了一跳，連忙把黑貓塞回書包裡，但是她的動作還是被管理員捕捉到了，懷疑的朝著她走來。

迅速從座位上站起並跑開的初曉，還聽到管理員在後面說：「前面的女同學，不能在圖書館內跑動！」

一口氣就逃離了圖書館的初曉，在確定已經離圖書館有足夠長的一段距離後，才停下喘著氣，這時黑貓也已經從她的書包裡蹦了出來跳到了地上。

「都是你啦，吵什麼吵，害我們被發現了。」初曉鼓著臉抱怨黑貓。

「明初曉，妳到底還記不記得自己承諾過我什麼？妳說要幫我的態度就是這樣的嗎？」黑貓生氣的問。

「你在說什麼啊？」初曉聽得一頭霧水。

「現在妳的心裡根本就沒有要幫助我的任何一絲念頭吧！因為妳滿心都放在了那個銀星歌唱大賽上，現在的妳已經不記得當初的約定了，妳都只想著妳自己不是嗎？！」黑貓無情的指責著初曉。

「我哪有……」初曉沒料到黑貓會突然對她發脾氣，還想解釋什麼。

「我真後悔幫妳找回那張銀星歌唱大賽的報名表，我真後悔沒有讓它從妳面前消失！這樣的妳根本就不會專心履行承諾，是妳違背了我們的約定，我不應該相信妳！」黑貓朝初曉吼道。

「為什麼你要這樣說？」初曉無措的看著黑貓，在牠幫自己拿回那珍貴的報名表時，自己是那麼的高興，為何如今黑貓卻會對自己說出這樣的話呢？

但是黑貓卻沒有理會初曉，轉身就獨自跑走了。完全不知道該怎麼辦的初曉只能呆呆的站在原地。

夕陽還掛在遠遠的天邊，那昏暗微黃的光線像是無力維持最後的光明，終於也漸漸消失在地平線之後。

黑夜降臨。街道的燈一盞盞亮了起來。

黑貓漫無目的的在街上遊蕩著，行人移動的腳步把牠淹沒其中，黑貓不禁落寞的看著街上亮著霓虹的夜景出神。

自己要何去何從呢？如果不是因為遇到了明初曉，或許直到今天牠還是一隻無法與人溝通的普通黑貓，但是，上天卻安排了牠和她的相遇。

當月亮慢慢遷移到高處，街上的人流也漸漸減少的時候，黑貓無意識的又回到了初曉家門前的那棵樹下，跳了上去。

初曉的家庭非常和睦，每次初曉回家的時候，牠都可以從樹上的這個角度看到明媽媽帶著溫暖的笑意迎接放學歸來的孩子。

但是今天的明媽媽卻獨自坐在餐桌前，有點擔憂的打著電話。

黑貓留意了一下屋內，就連樹上正對著初曉的那個房間也是暗著的，難道初曉還沒有回家？黑貓不禁疑惑了一下，牠記得之前跟初曉分開的時候，天還沒全黑呢，現在都快晚上八、九點了，顯然不太可能還沒到家。

該不會是那冒失的傢伙遇到什麼意外了吧？黑貓這樣想著的時候，已經按捺不住從樹上跳下，沿著回來的路上奔跑過去。

雖然自己之前對她說過那些話，但一向神經大條的初曉不應該這麼容易就被擊倒才對。以黑貓對初曉的認知，那傢伙身體裡裝的肯定不是水晶透明的玻璃心，說是粗韌難嚼的橡皮糖還差不多。

一邊想著初曉到底在磨蹭什麼，一邊又擔心她搞不好真遇到什麼意外的黑貓，終於在一個小河堤旁的草地上看到了初曉背對著岸邊坐著的身影。

初曉一個人對著河堤發呆，書包就隨便的扔在一邊，也不知道在想著什麼。這裡分明就是離圖書館不遠的那條路上，黑貓這才知道初曉在跟牠分別之後根本就沒有再離開過。

黑貓走過草地，來到了初曉的身邊。

聽到聲響的初曉回頭看了一眼，見是黑貓她似乎並不意外，但也沒有什麼特別的表示，仍然轉回頭去繼續看漆黑河水上的月亮倒影。

一人一貓就這樣對著城河，默言不語。

在黑貓正打算要開口的時候，初曉卻搶先了一步。她說：「我有沒有告訴過你，我從九歲的時候開始，就特別羨慕那些會唱歌的孩子？」

黑貓看著初曉，初曉的話像是對著牠說，又似是對自己訴說一般。

「我還清楚的記得，自己第一次看到銀星歌唱大賽的時候。」

初曉回憶著，慢慢說著：「那個時候，我還在上小學四年級，媽媽帶我去市民音樂廳看的第一場表演，就是銀星歌唱大賽。」

「我記得那是一個晴朗的下午，但是音樂廳裡好大、好暗，只有舞台上的光特別的閃亮，只有站在上面唱著的孩子們特別的耀眼，他們的歌聲那麼動人，大家都注視著，被感動著，我從不知道原來歌聲是這樣的悅耳動人，彷彿魔法一樣可以洗透人的心靈。」

「從那一刻開始，我就對這樣的歌唱舞台特別的響往，特別的響往……」初曉頓一下，忽然低下了視線。

「是不是像我這樣平凡的人就不能奢望有朝一日能站到那樣的舞台上呢？就因為大家都說我沒有才能嗎？我也想像他們一樣，能唱出好聽的歌曲，讓別人感覺溫暖，我也想被認同，想被讚美，想實現自己的夢想啊！當那個我期盼多年的機會終於出現的時候，難道我就不應該珍惜的把它抓緊嗎？青春那麼短暫，我只是不想讓自己留下遺憾而已。」

黑貓依舊沉默的聽著。初曉把頭埋進了曲起的雙膝中。

「那也不用哭。」黑貓說。

「我沒有哭！」初曉的聲音明明就已經歪了一半。

黑貓抬頭看著初曉，但根本看不到她掩埋在膝蓋後的表情，牠說：「對不起，對妳說了過分的話。」

初曉沒有回答。

黑貓跳上了初曉的膝上，用爪子托起她的額頭，一邊流著淚的初曉一邊擺出倔強的表情，那樣子還真有點慘不忍睹。

「好吧，我明白妳的決心了。我不會再抱怨妳去參加比賽。」黑貓說。

「就像你夢想著要變成人類一樣，我也有自己想要達成的夢想。」初曉說。

「抱歉，這個比喻不能成立。我那個不叫『夢想』，我建議妳去重唸小學一年級的中文。」黑貓認真的道。

「你到底是來安慰我的還是來落井下石的？」初曉被牠氣得眼淚都倒流了。

「我先說好了，等妳比賽完了之後，妳可要認真的履行約定。」黑貓說。

哼著。

「真的？」初曉終於得到了黑貓的許可，不禁滿心歡喜。

「我想我也不用等太久，反正妳很快就會被刷下來的，連譜也不會看的音痴少女。」黑貓哼著。

「你說幾句人話是不是會死啊！」初曉從草地上跳起。

黑貓看到她再度活力十足，估計是沒事了，也不理她，就徑自走上回家的路。

那天晚上回到家裡，明媽媽可嚇壞了，不過看到女兒平安歸來，只輕微的責備了幾句，還是疼惜的把她讓進了屋裡。

就這樣，初曉那充滿古怪阻礙的音樂大賽之路，終於慢慢的展開了……

MIAOW 05

青春就是挫折的N次方

第二天，學校裡——

因為晚上作業做得太晚，早上又要練唱的初曉一邊打著哈欠，一邊走進教室。

「早啊。」麗月對初曉打著招呼。

「嗯嗯。」初曉半瞇著眼睛，還一副夢遊狀態。

黑貓早從外面的庭院跳到窗台上候著了。初曉拉開椅子回到座位上，卻發現麗月用一種奇怪的眼光盯著自己看。

「怎麼了?我頭髮歪了嗎?」初曉下意識的用手梳理了一下頭髮。也是啦，今天走得太匆忙，極有可能衣冠不整。順手再拉了一下裙子，應該好了吧。

但麗月依然用那種懷疑的目光在盯著她看，一邊探究似的打量著她。

「幹嘛啦？」初曉終於忍受不了麗月的視線攻擊波，大聲的問道。

「我說，妳有聽到那個謠言嗎？」麗月問初曉。

「謠言？什麼謠言？」初曉這才知道麗月之所以有這麼古怪的表情，全是因為八卦之魂燃燒了。

「是關於妳的謠言啊！」麗月不敢相信初曉這個當事人竟然都不知道。

「關於我？」初曉就不懂了，她說：「關於我的謠言每天都更新幾十個版本的，妳指哪一個呀？」對於初曉那傑出的逃亡記錄，關於她又挑戰了幾個老師這種所謂的「謠言」一直都是存在著的，更有人誇張的說初曉已經成功挑戰過校長了。

「這次可不是關於妳和老師們的決鬥榜之類的謠言哦。」麗月彎了彎嘴角，說：「現在最新的版本是，明初曉已經晉級成功挑戰學生會了！」

「學生會？切，我對那種不良組織才沒有興趣。」初曉甩了甩手。

「妳那是什麼態度啊？能進入千都學園學生會，那可是本市在校學生都豔羨的最高榮譽，說他們是本市校際精英團也不為過，多少人擠破頭也進不了呢。不過那種神一樣的領域的確是跟妳沒多少關係才對啦……」麗月同學說。

「喂，妳要讚美妳仰慕的學生會是一回事，一邊踩我又是什麼意思？我和他們八杆子都打不到一起去，根本沒有可比性。」初曉這樣說著的時候，一邊拆開了紅豆包的包裝。因為媽媽今天又要早出門，所以早餐只有袋裝包子了，而早上全心都在練歌的她這會兒還沒吃東西呢。

把紅豆包掰開一小部分，分給了黑貓，初曉就趕在上課前先吃了起來。

麗月倒是不介意，她在初曉吃著早餐的時候繼續說道：「但是，謠言說妳和學生會會長在交往呢。」

「噗——！」幾顆紅豆直接從初曉的嘴巴裡飛出去，幸好麗月躲得快，不然鐵定中招。

「妳這麼激動幹嘛？」麗月瞪著初曉。

「妳都曉得這是謠言了，謠言怎麼可以相信？話說學生會會長是誰我還不知道呢！誰這麼缺德散播這種無聊的事情？！」初曉簡直哭笑不得。

「這樣說起來嘛，好像是從珍珍她們那邊聽說到的。」麗月回憶著。

一說曹操，曹操就到了，初曉看到暗黑女子四人組正向著自己的方向移動過來。

「什麼啊，原來又是她們。」初曉真是氣不打一處來，昨天的事還沒跟她們算帳呢！今天居然就玩新花樣了，她們是想在比賽前抹黑自己的聲譽嗎？但是說到抹黑，拿出「與學生會會長交往」這種毫無說服力的謠言有什麼作用呢？初曉真是百思不得其解。難道這個謠言裡蘊藏著什麼厲害的後招？

「明初曉！」站在前頭的仍然是暗黑女子四人組的大姐大，小瑛。

「幹嘛？要吵架還是要打架？」初曉一邊把紅豆包子往嘴裡塞，一邊說：「先別動手，等我兩分鐘啊！」

「誰要跟妳打架啊，我們是來跟妳下戰書的！」小玲看到初曉一臉不把她們放在眼裡的樣子，對手都找上門了，她還在那氣定神閒的吃包子呢，這女生也太沒神經了吧。

「什麼戰書？」初曉好不容易才把最後一口包子嚥下肚子，抹了抹嘴巴問。

「妳要參加銀星歌唱大賽沒錯吧？既然身為對手，那我們禮貌上也應該過來跟妳打聲招呼才對。」珍珍一邊笑著對她說，一邊留意著初曉的表情。

「對手？在哪裡？」初曉左右看了看問。

「就在妳眼前！」小玲和婷婷異口同聲。這明初曉鄙視別人的方式也太損了吧。

「明初曉！妳能得意的時候也只有現在了，妳可別忘記，小玲和婷婷是本校合唱團的成員，她們才是專業的歌唱者，至少比妳這個業餘分子要厲害得多。有她們在，妳別想贏得了這次的比賽。」小瑛環抱著雙手，一臉看好戲似的表情。

「人多好啊，人多熱鬧。」初曉卻沒有擺出她們所期望的憤恨表情，相反的，她看起來還挺高興。

暗黑女子四人組私下交換著目光，怎麼每次跟明初曉對壘，總是會跟計畫裡的預期不太一樣？

「不過我跟妳們說，要比賽就要光明正大的比，可不能再使出昨天那種偷走別人報名表的詐招，那樣就算妳們贏了也是勝之不武，妳們也不會覺得光彩，對不對？」初曉語重心長的說。

「……」四個女生一時無言，並不是她們在內疚昨天幹過的事情，她們鬱悶的是為什麼這個明初曉的神經這麼大條，她一點也聽不出來四人對她的挑釁嗎？居然還敢在這裡跟她們說大道理，這什麼人啊？！

「呃，真不好意思打擾妳，那就比賽場上見了。」小玲和婷婷居然也不自覺變得禮貌起來。

「誰准妳們把氣氛變得這麼溫馨的？妳們是對手不是朋友！」小瑛看不下去了，大吼一聲，小玲和婷婷這才回過神來，趕緊再度擺回戰鬥姿態。

「明初曉，我們走著瞧！」暗黑女子四人組撂下狠話。

「嘖。」初曉咂了一下嘴巴說：「這麼難纏，一點也不可愛。」

暗黑女子四人組走了一半，小瑛突然想起什麼似的，又再轉過頭來問初曉：「喂，我說，妳跟諾雲生是什麼關係？」

初曉原本還什麼也不在乎的臉突然僵住。

呆呆的看著發問的小瑛，初曉不禁回頭看了一眼窗邊上的黑貓。很顯然的，黑貓剛剛也一直全過程的看著她們的戰況直播，在聽到小瑛的這句話時，牠一直叼在嘴裡的紅豆包還卡在那裡呢。

看到黑貓瞪著眼睛的傻樣，初曉相信牠此刻一定和她一樣的疑惑。

黑貓倒是沒想到昨天變回人類的短短時間裡，居然被人認出來了。

「我……我……」初曉本來想說我才不認識什麼諾雲生呢！但是這麼睜著眼睛說瞎話的事情她還是做不出來，最後只好撇了撇嘴巴回了一句：「關妳們什麼事？」

「別以為妳有學生會撐腰就得意忘形了，哼！」

在扔下這句話後，暗黑女子四人組終於退場。

倒是留在原地的初曉有點莫名其妙，她看著一直在旁邊觀戰的麗月問：「諾雲生又跟學生會有什麼關係了？」

「我說明初曉同學，妳真的是千都學園的學生嗎？」麗月托著頭，對初曉的提問表現出一臉的不可思議。「年度成績總榜排行第一的諾雲生同學，就是我們千都學生會的會長啊。」

「什麼？！」初曉像聽到一個超級惡耗般的跳了起來。

「你居然是學生會的？還會長！」初曉瞪著黑貓。

千都學園學生會的會長變成了一隻貓，這這這這是足以和原子彈同級的爆炸性新聞啊！為什麼只有我一個人知道這件事呢！

這個時候的初曉真想找個人來分享一下她難以言表的震撼心情。

「妳剛剛還說妳不認識學生會會長，但明顯是在說謊吧？妳可沒有否定妳認識諾雲生哦。」

麗月並沒有放過初曉的一舉一動，雖然她不懂初曉怎麼會激動得對著一隻貓吐槽，估計是受了刺激導致神志混亂了。

好不容易才平復下來的初曉，故作鎮定的坐回座位。只是她的視線無法控制的時而會飄向黑貓的方向，黑貓一聲不響的配合著初曉裝淡定。

「諾雲生啊……算是認識吧……」初曉偏著臉沒有看麗月。

「是吧是吧。你們果然是在交往。」麗月笑咪咪的。

「認識就等於交往嗎？這兩個是同義詞嗎！」初曉只覺得頭頂的血管都要噴出血來了。

「諾雲生會長在學校很出名哦。」麗月說。

「這麼出名一定是壞事幹太多。」初曉不服氣。

「他不但頭腦聰明，為人和善，人又長得帥氣，在學校裡一直都是人氣超高的偶像級人物啊！」麗月雙手合握，一臉陶醉的說：「多少人做夢都想能跟這樣厲害的人物交上朋友呢，初曉妳真幸運！」

「喂喂，這種話當著本人的面說真的好嗎？別再寵壞牠了行不行！」初曉瞪了黑貓一眼。

黑貓繼續乾啃著紅豆包。

「誰在跟妳說貓了，我是在說諾雲生。」麗月說著時也隨即看了一直在初曉身邊的黑貓一眼。在停頓一下之後，麗月忽然發現了些什麼似的說：「初曉，妳家的貓是叫『諾諾』沒錯吧……難道？！」

黑貓就是諾雲生的這個秘密終於被麗月發現了！初曉緊張的抬眼盯著麗月，就連一直在旁邊默不作聲的黑貓也怔住，嘴裡一直啃不下去的紅豆包像石頭一樣掉了下來。

怦怦跳動著的心臟也彷彿凝結成冰塊，但隨即麗月的話立即把它敲碎成灰——

「原來妳是在單方面暗戀嗎？連貓的名字也取了對方名字的暱稱呢。」

「鬼才暗戀一隻貓！」初曉大吼。剛才害她提心吊膽了半天的話居然是這種結論，真是氣死她了。

「之前明明還說會養我一輩子的，這麼快就翻臉不認嗎？」黑貓假裝傷心。

「這麼無聊的吐槽不用接也沒有關係！」初曉都快要瘋掉了。

就這樣，初曉嶄新的一天就在奇怪的謠言中緩慢的度過了。

放學後，初曉沒有急著回家，卻朝音樂教員室走去。當然，除了要交回簽好了家長同意書的銀星歌唱大賽報名表之外，初曉還有一個目的。

「請老師妳抽一點時間來指導我吧！」初曉非常認真的對音樂老師這樣請求道。

「初曉同學？」音樂老師倒是有點意外，雖然她一開始就覺得初曉是玩票性質，沒想到她好像還對這次的比賽抱有期望呢。

「嗯……不好意思呢，因為本校合唱團也有不少學生要參加這次的比賽，我被校方安排重點指導她們，可能沒有額外的時間照顧別的學生了。」音樂老師抱歉的說。

初曉有點失望，不過這也是必然的事。怎麼看都是有歌唱經驗的合唱團成員更有希望能贏得比賽，所以學校會重點培訓這一批精英成員也是情理之中的事，而像自己這種毫無投資希望又沒有實戰經驗的一般學生，學校又怎會多加照顧呢？

「這樣啊……」初曉失望的低下頭，又問：「那，即使我到音樂教室旁聽妳們的訓練，也不行嗎？」

「這本來是沒什麼問題，但是妳真的覺得這樣好嗎？」音樂老師對初曉解釋：「因為合唱團成員的起點和妳不一樣，訓練的內容也是針對她們量身打造的，以妳的基礎來看，不但沒有幫助，反而會影響妳的理解呢，我覺得妳應該另找專業的老師為妳上課才是正確的選擇。」

音樂老師說得很有道理，初曉也知道以自己現在這樣的水平，就算去旁聽也只是在浪費時間，加上每個人的音樂背景都不一樣，而自己又不是合唱團的成員，更不可能接受到特別的個人訓練，與其這樣混時間，還不如老師建議的那樣，找專業指導人士給自己做單練培訓的好。

可能是看到初曉一腔熱情因被拒絕而有點可憐的樣子，音樂老師也有點過意不去。

老實說，這明初曉在學校裡雖然是個麻煩的學生，各個老師對她都是頭痛有加，老師們還真沒見過她在學習上為哪件事這麼認真執著的持續努力過，就為了她這難得的鬥志，音樂老師突然覺得應該幫她一把。

「這樣吧，我們合唱團的訓練都是在新樓這邊的音樂教室，在舊舍那邊有個舊的音樂社室倒是廢棄很久沒有人在用了，雖然說是暫時廢棄的社室，裡面的設備也有點老舊，可基本上算是設備齊全的，用來作練習室用，是非常不錯的選擇呢。」

音樂老師一邊微笑的說著，一邊從抽屜裡拿出一把普通的鑰匙，遞給了初曉，「那個舊音樂社室已經沒有人會去了，妳用那邊做練習基地也沒關係，希望對妳有用吧。」

「哇啊～謝謝老師！」初曉像接收到寶物一樣驚喜。

「不客氣，反正空著也是空著，如果能幫到妳的話就最好不過了。」老師拍了拍初曉的頭，有點寵溺的說。

「我一定會天天過去報到的。」初曉一掃剛才的沮喪心情，又回復百分百的活力了。

看著初曉滿懷朝氣跑走的身影，音樂老師也覺得受到了感染一般，不禁微笑起來。

雖然像這種光靠著一股熱情就朝前衝的參賽者多少讓人有種不太看好的感覺，不過還是不能否定初曉的身上散發著不可思議的能量，這是一種無法確定的、像謎一般的期待值，說不定會有一種叫「奇蹟」的東西會發生在她身上的感覺……

拿到了舊音樂社室鑰匙的初曉，就像得到了寶劍的戰士一樣，迫不及待的想要一試身手了。

她回到教室抓起書包就朝舊舍奔去。

黑貓之前一直在教室裡等著初曉，這時見初曉風風火火的趕了回來，卻又立即風風火火的離去，不禁問道：「妳這麼急是打算要去哪裡啊？」

「舊教學樓的音樂社室。」初曉頭也不回的答。

「那裡不是已經棄用很久了嗎？」黑貓問。

「沒錯，不過我已經從音樂老師那裡拿到『通行證』了，瞧。」初曉把鑰匙亮出來，這就是她口中的通行證。

「以後這間音樂社室就是屬於我的私人練歌場了，怎麼樣？很棒吧！這可是連合唱團成員們也無法享受得到的個人福利。」

「的確是滿大手筆的。」黑貓真佩服初曉的好運，照她這程度的水準，給她一整間音樂教室做支援那是多大的浪費啊？

「以後放學後的所有時間，我都會在那裡度過的，嗯嗯，如果可以的話，我還真想搬進去住呢。」初曉說。

「如果只是住在裡面就能提高妳的音樂素養的話，那『滿懷著少女夢想的青春勵志故事』將會變成『滿懷著少女夢想的可怕靈異故事』了。」黑貓說。

「我就知道你看不得我成功，我一定會勝出這次的比賽讓你刮目相看的。」

初曉信心滿滿，來到了舊舍的音樂社室門前，拿出似乎會散發金色光芒的鑰匙，打開了塵封已久的木門。

舊音樂社室並不算大，比普通的教室還要相對小一些，也是因為場地的問題，所以在新教學樓裡設立了新的音樂教室後，這裡就被無情的丟棄了吧。不過對於明初曉的個人練習室來說，這裡的空間算是足夠寬敞了。

「哇，這裡有好多樂器。」初曉和黑貓走進了音樂社室，關上了木門。這裡小小的空間現在已經完全變成初曉個人私有的基地一般了，讓她不禁有種化身為主人的驕傲感。

「可惜妳一件都不會用。」黑貓就近跳上了一架鋼琴。

「這裡還有簡易的錄音設備，還有麥克風呢。看起來好專業的感覺。」初曉像初到童話世界中的兔子一樣，蹦到各處清點著新奇的事物。

黑貓在鋼琴上溜達著，初曉也好奇的摸著光滑的黑色琴身。

「我以前一直想學鋼琴的。」初曉對黑貓說：「不過後來不知怎麼的，就跑去學了笛子。唉，笛子好難吹喔，我果然還是應該學鋼琴的。」

「就妳這種心態，妳應該慶幸自己學了個比較便宜的樂器。妳以為一架鋼琴要多少錢啊？」黑貓說。

打開了琴蓋，初曉坐在鋼琴前面，擺出一個音樂大師般的架式，陶醉的抬起雙手，竟非常流暢的彈出了一首連黑貓都震驚不已的……兒歌。

「怎麼樣?我也是會彈的哦!」初曉得意的瞄了一眼黑貓。自己的表演嚇到牠了吧?

「的確很厲害。」黑貓也不得不讚同。「這種只有五個音的曲子,一般三歲的孩子就可以在玩具琴上彈出來了,妳今年幾歲?」

「你就不能稍微承認一下我有音樂的天分嗎?」初曉鼓著臉不滿。

「妳這也叫音樂天分的話,音樂學院的學生們要流淚了。」黑貓說。

「算了。」初曉決定不跟黑貓繼續聊天,這麼難得才把這個音樂小房間弄到了手,不正式練習一下的話就太對不起自己了。

初曉興致勃勃的把麥克風的插線接好,又稍微試了一下音,站上講台,高興的對著空無一人的牆壁大聲叫道:「謝謝大家來聽我的演唱會!我會全力以赴,為大家送上最動聽的作品,首先,我為大家獻上的是一首我本人相當喜歡的歌曲《永恆的希望》,希望大家喜歡!」

然後,在毫無伴奏的情況下,初曉盡情的歌唱起來,看她那投入的樣子,不知道的人還真以為她是站在打著聚光燈的銀色舞台上,而不是這個破落的小小音樂室中呢。

一曲既盡,初曉仍保持著台風中最後的那個姿勢,自我陶醉不已。

「怎麼樣?怎麼樣?我可以得到幾分?」初曉激動的問黑貓。

「銀星歌唱大賽的評審有十個之多,每人可以按燈以示選手能否在他們的審判下通過,算起來滿分是十分，妳這個如果有燈亮起來的話，估計也是因為系統故障。」黑貓說。

「有這麼差嗎？！」初曉不敢相信。

黑貓也不知道該怎麼說。撇開偏見不說的話，初曉的音質意外的柔美，這倒算是黑貓之前想像不出的一個優點，但唱歌說到底也是一種技術活，並不是單純依靠好音質就能過關的，這初曉剛才唱的那短短兩分鐘的歌裡，牠都可以挑出好幾個錯誤來了，這樣的狀態站到台上去表演，評審會覺得自己是被耍了吧？

「妳要聽實話嗎？」黑貓問初曉。

雖然已經預感到黑貓接下來只會無情的踐踏她脆弱的自尊心，但是——

初曉咬了咬牙，為了聽到別人真實的意見，她還是豁出去了。做好一番心理建設後，初曉一臉凜然就義的表情說道：「你說吧！我受得了。」

「那我說了。第一，妳選這首歌就已經錯了。這首歌音域範圍偏低，妳的音域是偏向中高音的，以妳目前的狀況根本無法好好演繹出這首歌的低音部，以至於聽起來像鴨子叫，還是垂死被宰的那種。」

「第二，妳挑錯歌也就算了，這歌好歹也就三個部分組成而已，妳一個部分換一個調，那是怎麼回事？就是唱片壞掉也出不了這麼離奇的效果，如果妳放棄唱歌而去參加音技特效組的話，他們會很高興的。」

「第三，咬字不清晰雖然也是一種唱腔風格，但妳唱的是清新路線的歌，不是普通港台流行曲，那鬼吃泥似的鼻音到底是要糊弄誰啊？拜託妳給聽眾一個明確的說法行不行？」

初曉站在原地，覺得身上中滿了毒箭似的動彈不得。她斜眼瞪著黑貓，雖然牠說得真是毫不留情面，但怎麼好像頭頭是道的樣子……初曉回頭仔細想了一下黑貓的話，竟然還真是很有針對性的提出了自己都不知道的毛病所在呢。

「你怎麼懂那麼多？」初曉問黑貓。

「因為我比妳更懂音樂。」黑貓說。

「你會唱歌？」初曉驚奇了一下。

「我對唱歌並沒有興趣。」

「那你會看樂譜嗎？」

「廢話。」

「咦咦！」初曉指著黑貓大叫：「居然都不告訴我！你怎麼什麼都會啊，真是太奸詐了。」

「妳這個無視音感的人還想當歌星，才是真的不可思議。」黑貓說。

「我覺得，我還是可以在比賽之前改善一下的。」初曉重新拿起麥克風，清了清嗓子，說：

「我再唱一遍啊，你覺得我調子不對就馬上糾正我喔。」

初曉再度重唱《永恆的希望》，不過才唱了第一句，就已經被黑貓打斷了。

「一開始就不對了嗎？」初曉不敢相信自己的倒楣。

「我說過了，這首歌的音域不適合妳唱，不過直接把音階調高幾度的話，應該可以讓妳唱出比較舒服的調子。」黑貓說。

「調高幾度？我不懂啊。我怎麼知道哪裡才是幾度後的音？」初曉完全坦白了她是個外行人的悲劇。

「第一個音試試這個。」黑貓從鋼琴的蓋子上跳到琴鍵區，用爪子重重按下一個音鍵。

「你會彈鋼琴？」初曉看到黑貓那麼迅速就在鋼琴上找到了音階，露出佩服的表情。

「算會一點吧。水平不算很高，也才美國 MTAC 八級而已。」黑貓說。

「這話聽起來怎麼好像很欠揍的樣子。」初曉磨著牙齒道。

「說要去參加銀星歌唱大賽的人是妳吧？真有練習決心的話就給我表現得專心一點！」黑貓拍打著琴鍵，那個音符重複的噹噹響著，連初曉也聽得很清楚了。

按著黑貓給出的音階重唱了一遍《永恆的希望》，好像真的比剛才順了一點，然後在第二部分和第三部分都卡住而被黑貓一再糾正後，最後一次綜合把歌唱出來的初曉終於沒有被黑貓老師叫停了。

「哇！我終於成功把歌唱好了耶。」初曉感動不已，她跑到黑貓的面前說：「我已經決定了，在我比賽之前就讓你當我的專業指導吧！你這麼厲害，加上我的努力，一定可以在比賽中晉級的！」

「想我做妳的專業指導？行啊，我收費很貴的喔。」黑貓閉著眼睛開價。

「什麼啊……還要收費的？」初曉扁著嘴巴，說：「我很窮誒！分期付你貓糧行不行？」

「誰要收妳的貓糧了？還分期！」

「我一定一定一定會實現你的願望的！也請你實現我的願望吧！黑貓大人！」初曉雙手合十，誠懇的低頭拜託道。

「我可是很嚴格的。」黑貓說。

「沒有問題，請嚴格的訓練我吧！黑貓老師。」初曉慷慨的挺起胸膛。

「那現在，先給我去把這首歌的樂譜抄個一百次！」黑貓立即發下第一個指導命令。

「嗚哇……一上來就這麼勁爆好嗎？」初曉慘叫。

「想要唱好一首歌，至少給我學懂看譜！」

「抄個一百次就會自動懂得看譜了嗎！黑貓老師！」

「不知道！」

「你就是單純的想整我而已吧！」初曉大叫道。真是的，長時間使用驚嘆號真是會喊到喉嚨都痛。

不過既然自己已經承認了黑貓的指導地位，牠的話就是聖旨一般啊，初曉認命的搬來椅子，掏出本子準備抄樂譜。

「但是，樂譜在哪裡呢？」初曉這才發現一個問題。

「在那邊的櫃子裡有個資料架，專放樂譜的，這首歌的樂譜應該有保存，妳試試看找第三排的那部分的資料。」黑貓指著一個牆邊的立地櫃子說。

初曉半信半疑的過去翻找了一下，居然還真被她找到了《永恆的希望》這首歌的樂譜。

「你怎麼好像什麼都知道的樣子？」初曉問黑貓。

「我以前有作為學園代表去參加過校際的鋼琴巡禮表演，那段時間也經常在這邊練習獨奏，很多樂譜都是我帶來存放在這裡的。」黑貓說。

「校際的鋼琴巡禮表演？想不到你也有著輝煌的過去啊……」初曉對黑貓的認識又加深了。

「那只是幾個月前發生的事而已，別說得好像是我上輩子的經歷一樣。」黑貓對初曉那懷緬的表情非常不爽。

拿到樂譜的初曉，翻開樂譜認真的看了看。她說：「這真的是樂譜嗎？不是小蝌蚪找媽媽的故事插圖？好多迷路的小蝌蚪喔。」

「那是五線譜……」黑貓滿頭的黑線。

「誰會看那種外星樂譜啦，拜託給我正常的地球用樂譜！」初曉氣得摔本子。

「妳才是外星來的吧，妳的腦子是什麼構造？拜託給我進化一下！」

「哇啊啊啊！樂譜竟然長這個樣子，就算抄個一百遍也不會變成青蛙吧？」初曉痛苦的拿著寫滿五線譜的本子哭。

黑貓無語了。以初曉這種超級門外漢的水平，一下子要她會看五線譜，那真比要她的測驗試卷上實現「零的突破」還難。

「也可以先學簡譜的。」黑貓說。

「簡譜又是什麼？」初曉彷彿看到了一線希望。

「就是1234567。」

「十位以內的數學我能行！」初曉立即跳起來。她興奮的扔掉了手中的本子說：「這個科學多了！」

黑貓只覺得接受了初曉這個學生的自己，前路真是多災多難。這天的課後練習不得不從最基本的「do、re、mi、fa、sol、la、si」開始教起。

「這個音不對！這是fa，不是la啦！」

「別自動給我把休止符亂擺！」

「這裡的音是長音，要標注後劃線！不是短音劃線啦，妳到底畫到哪裡去了？」

黑貓在不停的咆哮，初曉滿頭大汗的在本子上製作《永恆的希望》的簡譜，在不停的錯誤和修改下手都快抽筋了。

黑貓覺得把初曉這個完全無視音樂規則的少女送到比賽的舞台上去真是一個瘋狂的構想，這樣的她萬一還勝出的話，這個世界一定會毀滅吧？一定會吧？

「這個是全音符！後面要跟三個劃線，妳把線全連在一起是想怎樣？當自己在畫心電圖嗎！」

「升音要加井號標注，小小的畫在音符左上角就好了，妳畫這麼大，下面的音符壓力也很大！」

初曉在黑貓的指揮下，好不容易完成了她人生中的第一張樂譜，簡直淚流滿臉。

「現在妳終於嘗到挫敗的滋味了吧？要放棄的話就趕緊趁現在。」黑貓對初曉說。

「你錯了，黑貓老師。」初曉雖然飽受折磨，但是她卻鬥志不減，越發咬牙堅持道：「我是不會放棄唱歌的！哪怕要我把這樂譜吃到肚子裡去我也會吃給你看！這點難題算得上什麼？所謂青春，就是挫折！挫折！挫折！挫折！」

「只有妳的青春是這個樣子吧？」黑貓真是累死了。

「黑貓老師，請繼續對我嚴格的訓練吧！」初曉完全沒有被打倒。

「都什麼時候了，我要回家……」黑貓要哭了。

當兩人沉浸在音樂的緊密訓練中時，天早就已經全黑了，現在學校裡估計只有舊舍這邊的音樂社室裡有亮著燈。

「咦？都已經這麼晚了嗎？」初曉這才如夢初醒，跑到窗邊看了看早就跑出來的微淡月亮。

居然練到連時間都忘記了，黑貓覺得初曉只有這份專注倒是不會輸給任何人。

「雖然還很想繼續練習下去，不過好好吃飯蓄養體力也是必須的呢。萬一比賽時病倒的話就虧大了。」初曉不捨的嘆了一口氣，收拾好散落一地被她寫廢了的樂譜樣本，再簡單的清理了一下音樂社室，這裡是她的個人秘密基地，她還是很愛惜的。

確認好有把門穩穩的鎖上了，初曉才寶貝的把鑰匙放到貼身的口袋裡，對黑貓說：「咱們走吧。」

與黑貓離開了學校之後，初曉在路上愜意的伸展著懶腰。

「這種努力著接近夢想的實感真的很棒！有喜歡上唱歌真是太幸運了。」

黑貓沒有搭話。對於樣樣全能的牠來說，對這種努力追趕夢想的感覺倒是沒什麼特別的感受。不過看到初曉那一臉滿足、彷彿世界諸般美好似的表情，還是有點觸動了黑貓，讓牠不禁有種「可以追逐夢想真好」的感覺。

雖然一直以來，黑貓都自認是自己給初曉帶來的幫助要比她返還的要多，但現在的牠卻又隱約覺得，真正被影響的人應該是自己才對。

眼前這個雖然成績爛透，又總是吊兒郎當，卻一臉自信滿滿的少女，她的身上彷彿擁有一種不可思議的力量，而這種正面的能量又有著強烈的感染力，哪怕面前擺著多麼難以跨越的困難，她也絕對不放在眼內，那種可以克服一切的氣勢，讓原本對未來已有點悲觀的黑貓又鼓起了一點信心。

對於初曉這種無條件的樂觀性格，黑貓倒是有一點羨慕。或許只要待在這個人的身邊，奇蹟就真的會發生也不一定。不知道為何會有這種感覺，黑貓瞇了瞇眼睛，喵了一聲。

「知道啦，你一定也肚子餓了吧?今天晚上我就把我最愛吃的巧克力豆都奉獻給你了，黑貓大人。」

初曉和黑貓結伴走在路上的身影，被月亮清晰的映照在地上，而這兩人的命運，也逐漸融合在一起，彼此亦已成為對方不可或缺的重要同伴了。

MIAOW 06

神秘的學生會會長

星期六的早上，原本可以睡晚一點的初曉，也一反常態的起了個大早。

當然了，為了她的歌唱事業，再難辦到的事她也一樣可以克服，這可不是在說笑喔！

「這——可——不——是——在——說——笑——喔！」初曉大聲的在黑貓的耳邊嚷嚷道。

「幹嘛啦？！」

被吵醒的黑貓一翻身就給了初曉一爪子，初曉那會正把臉近距離逼到牠面前呢，毫無懸念就中招了。

「起床訓練了啊！」初曉捂著受到攻擊的鼻子哼哼，說：「我這個學生都這麼積極備戰，你這個當指導的倒好意思自己睡懶覺？」

「今天是休息日啊……」黑貓嘀咕著說：「至少也讓指導員休息半天怎麼樣？」

「不行不行不行！！」初曉發飆的一把將黑貓蓋著的小毯子抽起，黑貓骨碌碌的轉了一圈，滾跌到地上。

「你是貓還是豬啊？快點起來。」初曉把地上的黑貓抓起來，拚命的搖晃著問：「醒了沒有？醒了沒有？沒醒就說一聲！」

「快要不能呼吸了，妳別再搖了行嗎？」黑貓舌頭都要吐出來了。

「很好！」初曉扔下黑貓，又跳到窗邊，拉開了窗簾，明亮的陽光立即從外面照射進來，充滿了整個房間。

「今天天氣非常好，練習一定會有突破性進展的！」初曉握著拳頭，給自己打氣。

「就算外面下雨妳也會這樣說吧。」黑貓打了個哈欠。

初曉翻開了昨天好不容易寫下來的樂譜，清了清喉嚨，問黑貓：「你準備好了嗎？」

「到底是妳要唱還是我要唱？」黑貓沒好氣。

「我唱了啊，你聽好了喔。」

初曉醞釀好感情，不負眾望的第一句就破音了。

「呃，我還沒開嗓子，剛才唱的不算。」初曉不好意思的對黑貓說，立即拿了餅乾過來給貓吃。她說：「你先吃早餐，我自己先練習一下。」

等黑貓吃好了早餐，初曉也準備完畢，於是正式的練習開始了。

初曉把歌從頭到尾完整的唱了好幾遍，黑貓也指出了她幾個注意點，然後持續練習了差不多一個小時，初曉問黑貓：「你覺得我現在唱得如何了？」

「嗯……」黑貓也找不到合適的形容詞。「不過不失吧？」

「這是什麼評語？不過不失那是什麼意思？」初曉問。

「就是沒有優點，也沒有缺點。」黑貓說。

「沒有優點也沒有缺點？」初曉皺起眉頭，說：「這樣能不能通過比賽呢？」

「一般來說，任何比賽都是金字塔競爭，能成為上位者的人是很少的，像妳這種不過不失排中間給別人墊腳的倒是不少。」黑貓蹲坐在椅子上，望著在房間裡有點煩躁踱步而行的初曉。

「那怎麼行？！我不要做墊腳的啦。」初曉對黑貓大叫。

「小麥種子是永遠也不可能長出玉米棒來的。」黑貓不在乎的舔了舔爪子，笑嘻嘻的說：「有些人天生就注定是站在塔頂的人，比如我；還有些人天生就是注定奠基中層甚至下層的人，比如妳。」

「那天生就注定站在塔頂的你，今天晚上就吃貓糧吧！」初曉生氣的扔了個枕頭過去。黑貓一躍就跳上了書桌，躲開了初曉的攻擊。

就在黑貓回過頭來，正打算跟初曉說些什麼的時候，房間的門突然被打開，明媽媽的聲音伴隨著她的人出現在房間裡：「初曉？這麼早就起來練歌啊。我現在要去妳阿姨家一下，要到晚上才能回來，午飯妳就到外面自己吃吧。」

「呃？」初曉原本背對著房間的門，這時手裡還拿著另一個抱枕正打算去扔黑貓呢，明媽媽的突然出現讓她嚇了一大跳。

「記得要好好吃飯哦，不能隨便吃零食就算了。」

明媽媽把錢放在門邊的小櫃子上面，再抬起頭來的時候，她也看到了初曉面對著的書桌上面多了一隻不該出現在房間裡的小動物……

黑貓這時還在書桌上面蹲坐著，在面對著明媽媽那驚愕而好奇的目光，牠不確定自己要是在這個時候動一下的話，她會不會尖叫起來。

「初曉，妳在養貓？」明媽媽輕皺著眉頭。

糟了，因為爸爸對貓狗有種偏執的厭惡，所以家裡一直不能養這類的寵物，現在被媽媽抓包看到自己房間裡有隻貓，萬一這事被爸爸知道的話，那就真是不可收拾了。

初曉支吾了一陣，但這個時候不說點什麼不行了，她只好硬著頭皮，指著黑貓對媽媽說：「妳看錯了，牠……牠……牠其實……是隻雞！」

「是隻雞？」明媽媽的表情更不可思議了，明明就是隻貓，怎麼會是雞呢？

「牠是一隻——錄音雞！」初曉自己頭頂上都冒出了豆大的冷汗，硬是編了下去。

「什麼啊，原來是錄音機嗎……」明媽媽走近了半步，立即被女兒擋住。明媽媽笑著說：「是貓造型的錄音機呢，真少見。」

「是啊是啊，這個錄音機很貴的！因為我最近要參加比賽嘛，就向朋友借來用的，因為很貴，所以弄壞了就不好啦，賠不起的啊！」初曉胡亂說著，只是盡力阻止著媽媽的靠近。

「讓我看一下有什麼關係嘛，真是的，我又不會弄壞妳的機子。」媽媽嘀咕著，對女兒那不信任的態度相當在意。

「沒什麼好看的啦！」初曉焦急的說。

「那怎麼錄音呢？」媽媽像個孩童般的問著十萬個為什麼。

「錄音都是一樣的啊，就是我唱什麼牠唱什麼。」初曉說。

「讓我聽聽看嘛。」媽媽好奇。

看來不做點什麼證明貓會錄音，媽媽是不肯走了。初曉為難至極，她咬了咬牙，轉身走到書桌旁邊，對貓使了個眼色。這次輪到貓叫苦了，都是這明初曉，編什麼不好硬要說牠是錄音機，難道要牠在她媽媽面前吐出錄音帶來證明嗎？

初曉清了清嗓子，隨便亂哼了幾個音，然後拍了拍貓的頭。

黑貓臉都僵了，這個時候又不能逃跑，只好認命的照著初曉剛才那調子重哼了一遍。

「喵喵喵～喵喵喵～喵喵！」

因為普通人耳裡是無法解讀黑貓的聲波，於是明媽媽就詭異的聽到了充滿音階變化的一段貓叫。

「瞧。」初曉朝媽媽攤了攤手。

「真是好高的科技。」明媽媽嘆為觀止，也暗自嘲笑自己真是太落後了，居然會以為一隻仿真型錄音機是隻真貓。

媽媽走了之後，初曉和黑貓都如釋重負的鬆了一口氣。

「居然說我是錄音機，妳有沒有腦子啊？」黑貓一想起剛才的場面就不爽，最不爽的是自己居然還配合了她這個弱智劇本。「那種時候，妳可以說我是不知什麼地方跑來的野貓，妳正要把我趕出去不就得了。」

初曉當時正拿著東西扔貓呢，這種解釋也比較接近常人可以理解的範圍不是嗎？初曉想了想，好像也是這樣沒錯。她委屈的說：「當時誰會考慮這麼多啊？」

「明明看到一隻貓，居然還會相信我是個錄音機，妳媽媽也是個不能小看的人物。」

「喂！你這樣說是什麼意思？」初曉掐住黑貓的脖子。

「呃、沒有……我只是在感嘆遺傳學的神秘莫測之處而已……」黑貓再度被掐到吐舌求饒。

在家裡又練了一會唱歌，初曉沒找到什麼突破。一想起剛才黑貓對她的評價，「不過不失」、「沒有優點也沒有缺點」，她就什麼勁都提不起來了。

得到那種評價的自己，就是唱得「毫無特色」的意思吧。但是毫無特色的選手，恐怕在第一輪的初賽中就會被刷下來了。自己暗藏在心底的多年願望，難道就這樣結束了?初曉雖然內心是一千萬個不願意，但卻又找不到衝破困局的辦法。

「會不會是因為這裡的氣氛不對，所以都練不好呢？」初曉迅速收拾了一下，轉頭對黑貓說：「我們回學校的音樂社室練吧，那樣我也可以找到感覺，一定可以唱出讓你也認同的程度的！」

「如果只是把地點換成音樂社室就能讓妳唱得好的話，那千都學園的不思議事件倒要增加一個。」不過黑貓是知道自己說什麼也無法阻礙得了初曉的，只好陪她去學校了。

週六的學校靜悄悄的，一個人也沒有。

初曉和黑貓來到舊舍的音樂社室門前，用鑰匙打開了木門後，初曉就像回到自己家一樣的不客氣，她一邊高聲說著「我又來啦！」一邊就扔下書包。

迅速的打開了麥克風，初曉把之前錄製好的伴奏ＣＤ放進光碟機裡。

「果然還是要有伴奏才有氣氛啊。」初曉跳到台上，開始歡唱起來。

黑貓跳上了書架前的桌子上，正仰著頭看架子裡擺放的樂譜，裡面有不少都是幾個月前自己親手整理的，沒想到現在卻連想拿一本都成為不可能的事了。

初曉剛一唱罷，就激動的要黑貓給意見：「怎麼樣怎麼樣？有沒有覺得專業了很多？」

黑貓回頭瞄了初曉一眼，說：「妳以為妳是混音器啊？加個伴奏就會變專業這種事怎麼可能會發生？這種自我欺騙的方法騙騙外行人還行，妳還指望瞞過專業的評審們嗎？」

「怎麼這樣？」初曉也知道自己唱得沒有什麼變化，不過旁人的直言還是會讓她覺得有點小受打擊。

「唉……唱歌好難哪。」初曉坐在講台和地面之間的梯階上，嘆著氣。

「說起來，婷婷和小玲都要參加這次的比賽呢，不知道她們練得怎麼樣了？」初曉想著說。

「她們可都是學校的合唱團成員，基礎也不錯，至少比妳更有希望進決賽。」黑貓說。

「你不是最擅長詛咒別人嗎？把你的詛咒分一點給她們啊，不要跟我客氣！」

「妳這是要認輸了嗎？」

「嗚……我也不想輸給她們啊！」初曉一臉困擾的發著牢騷。

「不想輸就給我拿出氣魄來。」

「我已經很努力了，但我不知道該怎麼辦。」

「真想要改善的話，也不是沒有辦法。」黑貓說。

「咦咦！真的嗎？」初曉在聽到黑貓的話時整個人都跳了起來，她充滿期待的問：「什麼辦法呢？」

「換一首歌。」黑貓斷言的道。

「換歌？為什麼啊，我連這首我最愛的歌都唱不好了，換一首又怎麼可能會比它更好呢？」

「其實並不是妳唱得不好，而是這首歌的設計本身並沒有辦法把妳的優點體現出來，所以妳才會陷進一個無法突破的局面，要參加比賽，至少要懂得挑合適自己的歌才行。」黑貓解釋。

「但是，我的優點是什麼？」初曉問。

真虧這女生還想去參賽，居然連這些基本的東西都一竅不通。

「我說過了，妳的聲音是偏中高音域的，妳應該挑選一些在高音部分能讓妳有所發揮的曲子，這樣才能讓評審注意到妳的優點，分數才會高。」黑貓繼續說。

「雖然你說我的音是偏中高音域，但事實上我在高音的時候都上不去啊。」初曉還是挺有自知之明的。

「那是因為妳缺少訓練而已，我認為妳可以唱出非常亮麗的高音來。」黑貓就像是初曉的伯樂，牠對自己的耳朵非常有自信。

「真的？」初曉自己倒是半信半疑。

「不過還有一個問題。」黑貓從書架邊跳到地下，來到初曉身邊。牠說：「既然目標是參加銀星歌唱大賽，那應該有不少選手本身就是擅長唱高音的，在水平相當的情況下，妳又該如何為自己爭取更多的分數呢？」

「別再賣關子了，黑貓老師，快把答案告訴我吧。」初曉都快要拿炷香來拜牠了。

「在這種時候，除了技術以外的東西，就是歌的本身在比拚了。妳可別小看評審們，他們聽過的歌那是海量計算的，選手們挑選的參賽曲目大多是翻唱現成的歌曲，這些都是評審們聽過並深知其技巧難度所在的，這樣在技術上想瞞過他們的耳朵那是非常的難。」

「這個時候，如果出現一首他們從未聽過的歌曲，首先妳的演繹就會因新鮮感而獲得額外關注，這樣妳就成功了一半。而且，作為這首歌的第一個演唱者，妳的唱法很容易能描繪出一個印象，留在評審們的心中。」

「但我要去哪裡找評審們沒聽過而且又能體現出我優點所在的歌呢？」初曉發動腦子拚命想，但她完全沒有自信自己想出來的歌能派上用場。

「既然沒有現成的，就只能自己去創造了。」黑貓翻開一張白紙，叼起一枝筆。

「你的意思是，要原創一首歌曲出來嗎？」初曉問。

「沒錯。能給評審新鮮感並能配合妳的聲音特色的歌，原創是最好不過的選擇。」黑貓說。

「雖然這個想法是不錯，但是我該去哪裡找原創者呢？這個我也做不來。」初曉為難了。她的朋友名單裡面可沒有音樂家。

「如果妳相信我的話，為妳量身寫一首歌也不算很難。」黑貓說。

「真的假的？！」初曉不敢相信竟有這種好事發生，她一把將黑貓高舉在手大叫道：「你果然是天才啊！天才！」

看到初曉這麼高興，黑貓也不禁受到影響。其實在一開始的時候，牠根本就沒料到自己居然會給初曉做音樂指導，更沒想到自己會認真的配合著這個少女做起這個歌星白日夢。是什麼時候開始，讓牠覺得初曉這個不切實際的夢想有著那麼一點成真的希望？或許正是她努力不懈的誠意打動了牠，讓牠覺得這個少女或許有那麼一點的潛力，而自己正試圖在她的身上尋找著一種實現奇蹟的可能性。

初曉這會兒還捧著黑貓高呼萬歲，一陣破鑼子似的咕嚕聲就從她的肚子裡傳了出來。

「這是要吃飯的報時信號嗎？」黑貓問。

即使是平日臉皮超厚的初曉也瞬間臉紅了起來。

「不知不覺居然練了這麼久。」初曉看了看時間，說：「都快下午一點鐘了。」

「現在家裡沒人吧，我們要到外面吃什麼呢？」黑貓問初曉。

「中國四大發明——粥粉麵飯！」初曉講到吃的就來勁。

「真是好偉大的發明。」黑貓嘲諷的說。

「喲？聽你的口氣，好像很瞧不起我們的國粹，真是太囂張了。」初曉指著黑貓。

「到底是誰囂張？拜託先去搞清楚什麼是中國四大發明再來指責別人！」

「咦，我說錯了嗎？」初曉用手抵在唇上想了想，說：「那中國四大發明是什麼？紙筆墨硯？」

「去給我重唸歷史一百遍！」

「哈……繼中文之後連歷史也得重讀了嗎？你給我安排的日程也未免太多了吧。」初曉不情願的嘀咕著。她還記得上次被黑貓吐槽自己中文爛的事呢。

黑貓不理初曉，自己先從窗外跳走了，初曉只好趕緊收一收東西，鎖好門就跟著跑了出去。

手裡拿著錢就會什麼都想要買，初曉在去吃午飯的途中曾在蛋糕店、零食店、潮流精品店、飾品店之間無數次迷失。

最後，初曉決定帶黑貓走進路邊的一家小麵店。

「不好意思啊，本來想帶你去高級一點的地方，但是裝潢好一點的地方都不讓帶寵物進去嘛。」初曉對黑貓這樣解釋道。

根本就是妳看上了那對手工耳環，想省下點飯錢來買走它而已。黑貓早在初曉停在那個賣手工飾品的店門外張望了半天就知道她的心思。不過初曉也說得沒錯，能讓貓進入的館子就只有路邊攤了。

這間麵店的老闆看到初曉帶著貓，還挺熱情的過來打招呼：「喲，小妹妹，帶著貓咪散步嗎？要吃點什麼？」

「嗯，我家的貓很黏人呀，沒辦法。來兩碗五香牛肉麵，一大一小，大的要多放香菜。」

老闆哈哈笑了兩聲說：「貓也要吃一碗呀？」一邊自顧去張羅了。

因為已經過了中午的吃飯高峰時間，所以這時店裡也沒有幾個客人。老闆很快就上了麵，初曉還讓老闆拿了個小碟子，給貓吃時用。

老闆幹完了活，也好奇的坐到初曉附近空著的座位。可能是看著初曉還背著書包吧，他好奇的問：「小妹妹，今天是休息日，也要去補習班嗎？」

「不是，我是回學校練歌。」初曉一邊吸著麵條一邊說。

「哦？週六還要回學校練歌，妳一定很會唱歌吧？」

「因為我要參加銀星歌唱大賽，還有三個星期就是初賽的日子了，我得加緊一點練習，學校有音樂社室可以用。」

「銀星歌唱大賽，我也聽過呢。好像是個很出名的比賽哦，小妹妹，沒想到妳原來這麼厲害呀。」老闆驚嘆了一下。

「唉呀，還好啦。」初曉聽到有人稱讚她，也完全沒有覺得不好意思，一臉樂開花的樣子，她見老闆這麼感興趣，自告奮勇的說：「老闆你要不要聽一下?我可以為你獻唱一首哦！」

「好呀好呀。」老闆也是個愛湊熱鬧的人。

於是初曉就放下了筷子，認真的唱了一段。

老闆雖然不太懂音樂，不過還是對初曉讚譽有加：「小妹妹唱得不錯嘛，一定能過關的。」

「咦？真的嗎！」初曉激動的站了起來，對老闆就是一鞠躬：「謝謝！」

「看在妳唱得這麼好的分上，這麵就不算妳錢啦。」老闆還挺大方。

「哇～太好了！」初曉完全不打算跟人客氣的樣子。

老闆笑呵呵的，看來挺喜歡這個小丫頭。

等老闆忙別的事情去了的時候，初曉得意的跟在一邊默默吃麵的黑貓說：「看到沒有？還沒開始比賽我就已經有粉絲啦。老闆人真好，還請我吃麵。不過最重要的是，他說我一定能過關耶！」

「可惜他不是評判。」黑貓說。

「你真會潑人冷水。」初曉說。

吃完麵，初曉再一次跟老闆道謝後，就和黑貓離開了。

在街上閒逛了一陣後再次回到學校，因為黑貓答應給她寫一首獨一無二的參賽曲子，所以初曉現在都按黑貓的音樂課程安排，先進行高音的發聲練習。

黑貓伏在桌面上，在白紙裡埋頭創作，初曉則自己練習。練了一會兒，因為不太習慣沒有了黑貓的關注和吐槽反而覺得有點不習慣，初曉無聊的走到窗邊，讓自己休息五分鐘。

打開了窗子，從音樂社室這邊可以直接看到西教學大樓。西教學大樓被稱為是「精英大樓」，只有學校裡的高材生才有資格在那裡上課，可以說和初曉所在的東教學樓是有著雲泥之別。被稱為平民的普通班，和高高在上的資優班，有時初曉覺得這種階級明顯的分化實在不好，不過似乎所有的學園裡都有著這麼一些特殊的班級。

「喂，我說。你成績這麼好，一定是西教學樓的學生吧。」初曉托著臉，伏在窗邊遙望著不遠處的大樓說。

「嗯。」黑貓只簡單的應了一聲。

「聽說學生會也是在西教學樓裡，還是頂樓呢，普通人都不能上去，是不是真的啊？」初曉又問。

「是啊。」黑貓抬起頭來，說：「為什麼妳突然會對學生會這麼好奇？」

「難道你不好奇嗎？」初曉說。

「為什麼？」

「喂喂，你是學生會的會長沒錯吧？你不是變成貓了嗎？那麼你本人不出現在學校的這段時間，學生會怎麼辦？」

「不知道。」黑貓倒沒想過這個問題。自從牠變成了貓之後，牠從頭到尾最關心的事情不過只有一件，就是趕快找到變回人類的方法。

「我一直有個疑惑呢。」初曉回頭看著黑貓。

「什麼疑惑？」

「既然你變成了貓，那麼就是諾雲生這個『人』消失了啊，為什麼到現在還沒有引起什麼話題呢？」

黑貓歪了歪頭，初曉說出了一個挺明顯的問題。

學校裡憑空消失了一個學生，不論什麼情況下，多少都會引起一些關注吧？像是同學或是班導師什麼的，肯定會發現班裡少了一個人，而且消失的人還是學生會的會長，本來就是充滿關注度的焦點人物，怎麼說也是件大事才對。

「還有，你的家人都不會覺得奇怪嗎？在這段時間裡你一直都待在我家裡，你可是從來都沒有回過家一次呢。照道理說，你變成了貓，最擔心的難道不是他們嗎？還是說，就連他們也聽不懂你說的話？」初曉說。

「我的父母是工作狂，長年都不在本市，一年也沒機會看到他們幾次，他們根本不會知道自己的孩子變成了一隻貓還是一隻狗。」黑貓語氣冷淡的回道。

從小就朝著雙親的期望而努力，不論是學習還是運動，幾乎都名列前茅無可挑剔，自己只是幻想著或許做得更好一些就會得到父母的注意和認同……但一切都像打在水裡的棉花一樣，不論怎麼用力也是徒勞。

或許正是兒子過於出色，雙親連最後可擔心的理由也直接消失，相信他有著能獨當一面的能力，而更放心的各自奔忙，誰也沒有看到孩子眼裡期盼著被關懷和注視的那一點渴望。

初曉從黑貓的表情裡看到了一絲低落的情緒，沒想到被眾人視作天之驕子的他，卻有著這樣一個冰冷的家庭。而與諾雲生完全相反，初曉雖然沒有能讓父母在人前可以驕傲的好成績，也沒有什麼值得炫耀的特殊才能，但是她的雙親卻視她如至寶，總是把最溫暖最美好的東西留給她。

「不好意思，讓你想起不愉快的事情。」初曉還挺會察言觀色的。

「我早就習慣了。」黑貓一臉的不在乎，但初曉知道他其實是在意的。

「不過學校裡有學生無故缺席，難道你的班導師也沒有通知你的父母嗎？」初曉說。

「估計是通知不了吧。他們的行蹤連我也不知道。」黑貓說。

「那麼學生會呢？會長突然不見了，大家難道也沒有覺得有什麼不正常？」

「這個，會不會大家以為我生病了所以才不來學校？」黑貓猜測道。

「如果是生病了這麼久，也應該會是個新聞了，你可是個『名人』啊。」初曉還記得麗月是怎麼繪聲繪色的把諾雲生給捧上了天的。「但學校一點關於學生會會長不來學校或是生病的傳言都沒有出現過一次。」

「……」黑貓無言。

這麼說來，也的確是有點詭異。諾雲生還記得自己變成黑貓時是毫無先兆的，就是有一天突然就這樣了，所以他也沒來得及告知任何人，自己的失蹤可以說是非常的突然，照常理來說，初曉所提出來的疑點的確挺在理的。

「會不會是學生會裡發生了什麼事？」黑貓也不禁有點迷惑了。

「學生會裡會發生什麼事呢？難道你自己都沒有回去看過？」初曉問。那可是他的地盤呢。

「我進不去西教學樓。那裡守門的老師最討厭貓了。」黑貓說。

「不去看看的話，光是猜來猜去也沒有用。雖然西教學樓不讓普通學生通行，但一定還有別的方法可以進去的，我們明天溜進去看看好了。」初曉點了點頭，就這樣決定了。

「咦？」對於初曉輕易就做出這種挑戰規則的行為，黑貓再次對她「想幹就幹」的風格感到佩服。

第二天，一下了課，初曉就跟黑貓直奔西教學樓「視察」去了。

大樓門外有值班老師的執勤室，因為這邊的學生都有著和普通學生明顯不同的校徵，像初曉所在的東教學樓，學生所戴的校徽是紅色的，而西教學樓的資優生們所戴的則是銀色的。憑著校徽的識別，西教學樓的學生可以順利的進出這裡，而沒有這個特別通行證的初曉，自然是不可能隨便就混水摸魚。

「只能等中午換班的時候了，那時的守衛會比較鬆懈一點。」黑貓對初曉說。

誰料到初曉卻直接從口袋裡掏出一枚銀色校徽，戴到胸前。

「不用等換班了，我們現在就上吧！」初曉鬥志高昂，像指揮軍戰似的。

「妳那東西哪來的？」黑貓盯著初曉的校徽問。

「我自己的啊。」初曉說。

「妳的不是紅色的嗎？」

「笨！把它塗成銀色的就行啦。反正遠距離又看不出來差別。」

居然還有這招，果然是作假專家！黑貓沒能想出這麼專業的解決辦法真叫牠自慚形穢。

「那我怎麼辦呢？」黑貓問。

「放心，我早有準備。」初曉指了指自己的衣服說：「我今天特意穿了件大號的校服哦！藏隻貓應該看不出來。」

「妳對這種勾當很熟門熟路啊……」黑貓感嘆。

「當然。」初曉自信滿滿的吹噓說：「對於如何在老師的眼皮底下逃脫，本校沒有哪個學生比我更在行了。這種程度的變裝是小菜一碟啦。」

把黑貓藏進懷裡，初曉跳出大路，正好前面有一堆西教學樓的學生正走在路上，初曉連忙加快了兩步，混在隊伍末尾，跟隨著有說有笑的資優生們朝樓裡走去了。

值班的老師果然沒有留意到真正的資優生們中間混進了一個東教學樓的學生，而且這個學生還窩藏了一隻他最討厭的貓。

「順利過關。」在成功轉入樓道後，初曉把運動校服的拉鍊拉下，露出黑貓小小的腦袋。

「嗯，要混進來還真容易。不過普通學生不能進出西教學樓這規定太奇怪了，簡直就像歧視我們普通學生一樣，你們學生會不是學生的代表嗎？都不跟學校提提意見。」初曉一邊抱怨著，一邊去看樓層示意圖。

「這是千都學園的傳統，我們也沒有辦法。」黑貓無奈的說道。

樓層示意圖上顯示著學生會就在本樓最上面的十二樓，並且非常囂張的占了整整一層。

「十二樓啊，真高！」初曉皺眉的道，隨即又發現旁邊有方便的道具，「幸好有電梯。」

初曉歡快的跑過去按著電梯鍵，黑貓說：「這個電梯是直通十二樓的。」

「這不正好？」

「能直通十二樓的電梯，是學生會專用的。」

「我們正要去學生會嘛。」

「我的意思是……這電梯普通學生是用不了的。因為需要學生會會員證啟動。」

「你不早說！」初曉生氣了，「真是特權主義中的特權主義，我要投訴你們學生會！」

「歡迎來提寶貴意見。」黑貓倒是不在意。

仰頭望了望高高的樓梯，初曉還沒上得了幾層就開始覺得乏力了。

「你快點變成人背我上去啦。」初曉爬到五樓就已經不想再爬了。

「我只是一隻貓。年輕人喲，給點活力！」黑貓給她加油。

「你就只有在這種時候才會強調自己是隻貓！這也太狡猾了吧？」

好不容易終於爬到了十二樓，初曉幾乎要趴在地上了。

幸好學生會室就在眼前了，不然初曉實在沒力氣再去找目標。

這麼大的學生會室也不裝個門鈴，初曉只好大力的敲門。

厚重大門在初曉面前閉合著，初曉敲過門後，倒是立即就有人過來開門了。開門的人黑貓認得，正是學生會的會計員之一——小林同學。

黑貓認得小林，但小林可不認得初曉。看著眼前這個可疑的女生，小林推了推鼻梁上的眼鏡。

「請問妳是誰？」小林問。

「我叫明初曉。」初曉回答。

「有什麼事嗎？」小林又問。

「沒事就不能來嗎？」初曉一副要怎樣的表情。

「……」小林同學呆了呆，這個女生到底是來幹嘛的？要說西教學樓是資優生的特權區也不為過，但這個女生小林完全沒有印象，不知道是哪個精英班的學生？

「如果有需要向學生會提交的請求，請填好那邊的表格並放入信箱內，我們會有專人收集並處理的，如果妳有私人事務，沒有事先約見的會面是不會被安排進日程裡面的。」小林對初曉解釋道。

「哇，這裡到底是學生會還是總裁辦公室？居然還得約見，你是秘書長嗎？」初曉不高興的瞪了黑貓一眼說：「又是特權主義，我要投訴！」

「投訴書在那邊第三格。」小林一絲不苟的指著初曉後面的一排文件櫃說道。

「誰有空跟你填表格了，我說你們學生會還真奇怪耶！明明會長都失蹤了，居然還這麼的悠哉！你們到底是不是冷血的，你們是機器人嗎？你們就連平時跟自己一國的同伴消失了也毫不關心嗎？」初曉對小林大叫。

小林再度推了推眼鏡，似乎不太明白初曉為何如此激動。他說：「妳要找會長嗎？他還沒過來這邊，妳去教室找他比較快。」

初曉肚子裡還有一堆的指責沒來得及說呢，聽了小林的話卻立即就被堵住了。她說：「你說會長現在在教室裡？」

「是啊。他就在十樓的A班。」小林依然面無表情，或者說，他的表情就只有這麼一款。

「這是在說笑吧……」初曉低頭看了看懷裡的黑貓，黑貓也仰起頭來看著初曉，一人一貓都不知道到底這是怎麼回事。

小林似乎對於初曉的滿眼疑問視而不見，他早已經轉回學生會室並把大門關上了。

「喂，學生會會長不就是你嗎？」初曉問黑貓。

「是啊。」黑貓說。

「但剛才那傢伙說會長在教室！」

「十樓A班……是我的班沒錯。」黑貓也糊塗了。

「這是在搞什麼啊？」初曉有點摸不著頭腦，事到如今，也只有去十樓的A班看看了。

西教學樓的班級並不算很多，每層樓都只有兩間教室，所以並不需要花太多時間就可以找到了。

來到十樓，初曉馬上就看到了那個顯眼的班牌，因為這時仍是下課時間，走廊上還有學生在閒閒的聊著天。走到A班的門外，正好班裡有個學生正朝外走，初曉隨口的問道：「這位同學，請問學生會會長在嗎？」

「哦，妳要找會長嗎？在呢。」那個同學看了看初曉，就轉過頭去大叫：「諾雲生，有人外找。」

初曉不禁呆住，剛才這同學叫什麼來著？他是叫「諾雲生」沒錯吧？但是，諾雲生不就在這裡嗎？他是隻貓啊！

不只初曉，此時連在她懷裡的黑貓也錯愕不已，雖然剛剛自己在這裡就被點名了，但明顯的那位同學根本不是在跟牠說話。

而教室裡的那位「諾雲生」，到底又是何方神聖呢？！

MIAOW 07 樂譜風波

教室裡似乎有人應了一聲，一個熟悉的身影慢慢的越過教室裡眾多交錯的人影，朝初曉和黑貓的方向走了過來。

初曉和黑貓都緊張得屏息靜氣，彷彿一個深呼吸都會把眼前的景象給戳破一樣。

眼前的男生，模樣漸漸的清晰起來，初曉睜著眼睛，一眨也不敢眨，當那男生停定在初曉的面前時，初曉的喉嚨像塞進了一顆蘋果，一句話也吐不出來。

他就是諾雲生！

初曉清楚的記得諾雲生的模樣，因為黑貓那不定時會變回人形的古怪特性，讓初曉對諾雲生的相貌了若指掌，而眼前的這一個，毫無疑問就是諾雲生本人！

但是，如果這就是諾雲生的話，那黑貓又是誰？初曉低頭看著黑貓，黑貓的震驚絕對不下於自己。

「這位同學，請問是妳要找我嗎？」諾雲生斜斜的倚在牆邊，眼裡略帶些懶洋洋的意味，他比初曉高出快有一個頭，此時正居高臨下的看著初曉，和她的——貓。

「你……你……」初曉已經不知道該說什麼了。

「我什麼？」諾雲生耐心的問。

「你真的是學生會的會長……諾雲生？」初曉問。

「為什麼妳會這麼問？」諾雲生擺出一臉的好奇，「難道有什麼理由讓妳懷疑我是假的？」

「你不是假的？」初曉看了看諾雲生，又轉而問黑貓：「那你是假的？」

「我是真的！」黑貓朝初曉吼道。

「這到底是怎麼回事啊啊啊啊？！」初曉像跌入了一個迷陣中，完全無法分辨真假了。

「這個人是冒牌貨！」黑貓氣憤的對初曉說：「他一定就是讓我變成貓的那個凶手！」

「你會使用魔法嗎？」初曉問站在自己面前的人類諾雲生。

「魔法？妳指哪一種？」諾雲生沒有正面的回答初曉，卻說：「如果是讓女孩子開心的魔法，我是懂不少。」

面對諾雲生那毫不掩飾的調侃，初曉不禁倒退了一步，她生氣的對黑貓說：「原來你是個花花公子！」

「妳要我說幾遍？那個不是我！」

「但他明明就長著你的樣子呀！」

「這一定是他的巫術啦！」

「這位同學。」就在初曉和黑貓爭得不可開交的時候，諾雲生那帶著磁性的聲音又插了進來，他說：「妳還沒說妳到底找我有什麼事？而且，我好像並不認識妳。」

初曉還沒從眼前的混亂狀況中理清頭緒，她看著諾雲生，又看著黑貓，完全不知該如何是好。

「我們早就見過了。第一次見面還是在舊體育倉庫呢。」初曉說。

「那個是我！」黑貓說。

「妳叫什麼名字？」諾雲生問。

「我叫明初曉。」

「好聽的名字。」

「謝謝。」

「我們到底是來幹嘛的？」黑貓看著二人平和的說著不著邊際的話題，忿忿的問。

「喂，你是假的吧？」初曉冷靜的看著諾雲生，平淡的直指事實。

「憑什麼妳會有這種想法？」諾雲生卻沒有肯定也沒有否定。

「女孩子天生的第六感。」初曉大言不慚。

「哦？」諾雲生有點感興趣的哦了一聲，笑著說：「那妳的第六感有沒有告訴妳，我接下來打算要做什麼？」

初曉似乎從他的身上嗅出一絲危險的氣息，不過她卻沒有退縮的意思。

「這是恐嚇嗎？」初曉直盯著這個頂著諾雲生的臉，卻不知道實體是個什麼東西的傢伙問。

「妳覺得這像是恐嚇嗎？」諾雲生似乎從來不曾打算好好回答別人的問題。

「我會揭穿你的真面目的。」初曉指著他說。

「嘖嘖。」諾雲生的臉上沒有一絲懼怕的意思，他的樣子總是帥氣的微笑著，彷彿一切都在掌握中。「女孩子說話要溫柔一點才可愛。」

「溫柔這種東西用在你身上太浪費！」初曉轉頭就走：「告辭。」

「給妳一個忠告。」諾雲生在身後淡淡的對初曉說：「帶著會說話的寵物到處走，是一件很危險的事情呢。」

初曉回過頭去，黑貓斷言的道：「這傢伙聽得懂我說的話。」

「我也給你一個忠告。」初曉冷冷的回答：「出來混，遲早是要還的！」

原本還以為初曉會說出什麼帥氣的反駁，沒想到居然是直接扔電影台詞，妳是有多愛看《無問道》啊！黑貓真要跌倒。

「真是個有趣的女生。」諾雲生在初曉消失了之後還是有點忍俊不禁。

正急步回去東教學樓的途中，初曉對黑貓說：「奇怪，他是怎麼做到的？他居然可以變成你的樣子！」

「怪不得學校裡一點關於我的傳言都沒有，原來已經有一個替代品存在著，大家當然不可能會發現，如果不是因為遇到妳能聽得懂我說的話，這個謊言恐怕永遠也不會有人知道。」黑貓現在想想還真有點害怕，不管怎麼說，上天讓自己能遇到初曉真是對牠最大的眷顧了。

「現在我們該怎麼辦？」初曉問。

「能讓我變回人類的方法恐怕只有他一個人知道。」黑貓表情凝重。

「那要怎麼讓他說出來呢？難道要綁架他嗎？」

「妳去綁架他只會反被人綁架吧。」

「那我們就去找能讓人說出真話的魔法藥吧！」

「要是有那種藥的話，還不如直接找能讓我變回人類的藥。」

「匿名舉報他，把真相公諸於世！」

「除了能聽懂我說話的妳會相信之外，誰還會相信這種無稽之談？」

「喂！我已經很努力的在想辦法在幫你了，為什麼你總是在打擊我？！」初曉抓著黑貓。

「這件事情我比妳還焦急！」黑貓說。

「你才是真正的諾雲生吧？那他作為一個冒牌貨一定會有瑕疵的，只要找出他的破綻，一舉擊破就行了。」初曉已經開始在計畫。

「雖然說是個冒牌貨，但怎麼看他也是個活生生的人類。而且他還直接取代了我成為學生會的會長，不太好對付。」黑貓說。

「唉呀！」初曉突然大叫一聲。

「怎麼了？」黑貓以為初曉想到什麼驚天動地的絕世好點子，連忙問道。

「這個時間我要去練歌了！」初曉趕忙朝音樂社室跑。

什麼啊……這緊要關頭居然還不忘要練歌。黑貓真是感到十分無奈。

雖然幫黑貓找到變回人類的方法也很重要，但是，十年難得一遇的銀星歌唱大賽更重要！初曉跑回舊舍的音樂社室，繼續練自己的歌去了。

但是黑貓卻和初曉不一樣，剛剛才看到一個和自己長得完全一樣的人出現在眼前，怎麼能叫牠平靜呢？苦思冥想也實在想不出來他到底是怎麼做到的，就算是家族裡曾流傳過的那本寫有黑魔法的書上，也從未曾提過施法的人可以變成對方的樣子啊……

自從發現了學生會裡有個冒名頂替的會長之後，初曉和黑貓都開始關注著假諾雲生的行蹤。不過因為大家分屬不同的教學樓，也沒有辦法做到時刻緊盯的地步，只有在課餘時間搞點小偵察而已。

這天放學後，初曉迅速的收拾好書包，正打算和黑貓一起去盯人，這時教室裡有幾個女生朝初曉圍了過來。

久未登場的暗黑女子四人組又來找碴了。

「喂，初曉同學，最近有沒有在好好練歌呀？」為首的小瑛環抱著雙臂，挑著嘴角看著初曉問道。

「怎麼又是妳們，我趕時間，沒空和妳們玩啦。」初曉想直接穿過她們，但是對方畢竟有四個人，一下子就把初曉給攔下來了。

「這麼急著要逃跑，可不像妳的風格哦。」婷婷說。

「誰說我要逃了？」初曉不服氣的問。

「最近妳總是一放學就不見了人，難道不是有意在躲我們？」小玲說。

「妳們想太多了。」初曉才不是她們說的那樣呢，她每天放學不是要盯那個冒牌諾雲生就是要去舊舍音樂社室練歌，忙得要死。「我要趕著去練習！」

「妳還真有在練啊？我以為妳早該死心了。」珍珍嘲諷的道。

「我一定會通過比賽的！」初曉說。

「是嗎？真是太可惜了，有我們在，妳是不可能會通過的。」婷婷冷笑的說：「妳想用哪首歌去參賽呀？該不會是《永恆的希望》吧？也是啦，除了那首歌，妳還會唱啥呢？」

初曉奇怪她們怎麼會知道她最擅長的歌曲就是這一首呢？看來為了打敗她，敵人也是有好好調查過自己一番的，真是不可小看了難纏的傢伙們。

「不過呢，我們也正好要挑這首歌來參賽呢。」珍珍不懷好意的笑著接下婷婷的話尾，繼續對初曉說：「而有專業訓練過的我們，要跟完全是業餘水平的妳所唱的歌竟然是同一首，妳認為在有著這麼明顯對比的情況下，妳還能有多少勝算呢？」

「一個比賽裡，居然有三個人唱同一首歌，誰高誰低就會一目了然，就算妳想避開我們也是不可能的，因為用什麼歌曲去參賽，在出賽前兩週就得決定下來並交到主辦單位備案，所以就算妳臨時打算換成別的歌，我們也一定會跟著妳唱同一首歌的。」婷婷補充。

「果然是很厲害的作法啊……」初曉佩服得五體投地。

「過獎了。」小瑛謙虛的點了點頭，因為這個方法就是她想出來的。

「不過很可惜，我雖然原本是打算唱《永恆的希望》的，但某人說這首歌不能發揮我最好的優勢，所以我只好放棄了。」初曉坦白的對她們說。

「那沒關係，反正妳唱什麼都改變不了最後的局面。」小瑛說著的時候，自信的亮出手裡的

大白
llust
iond -D
愛軟
ZOMBIE AND HIS LO
典藏閣

一本《歌曲大全》。「不論妳選擇哪一首，都逃不過被複製的命運！」

「我要唱的歌是不可能會出現在任何一本《歌曲大全》裡的，要複製的話就儘管來吧！」初曉撥開了女生們，硬是跑掉了。

看著初曉遠去的身影，幾位女生又圍起來嘀咕。

「她好像很有自信啊？」婷婷說。

「不會出現在任何一本《歌曲大全》裡？那是什麼意思？是在暗示我們她會唱一首很冷門的歌嗎？」珍珍說。

「就算再冷門的歌，只要她能找得到，我們也一樣可以找得到的，除非——」小瑛似乎想到了一些什麼線索。

「除非什麼？」大家都緊張的問小瑛。

「除非這首歌是原創的。」小瑛說。

「切……」大家都鬆了一口氣。因為大家都一致認為，音樂白痴明初曉連譜也不會看，更不可能會歌曲創作了。

「看來真的是我們想太多了。」大家攤了攤手。

另一邊，明初曉和黑貓正在趕往音樂社室，因為音樂社室的位置就在西教學樓後面，其實是

個很方便監視學生會的地方，在音樂社室的窗口就已經可以對西教學樓一覽無遺了。音樂社室裡的窗台上，就放著一個望遠鏡，這還是初曉從家裡帶來的，這樣練歌和監視兩不誤，真是太方便了。

到了音樂社室的時候，黑貓自己就先跳到窗台上去看望遠鏡了，初曉倒比較在意練歌的事，她自己先練了一會兒，看黑貓還在那裡專注的看著，她說：「有沒有什麼發現？」

「學生會一切都很正常，看來大家都沒有發現現在的學生會會長是假的。」黑貓難掩語氣中的一點不忿。

「那他也是個能力不錯的人嘛。」初曉說。學生會會長應該不是誰都可以當的吧？既然他能做得這麼好，至少應該也有著不輸黑貓的聰明頭腦。

黑貓沒有回答，繼續監視去了。

初曉又唱了一會，她對黑貓說：「你有沒有覺得我進步了呀？我覺得自己練聲練得差不多了呢，你給我安排的內容我都完成了，我現在的聲音聽起來果然跟以前很不一樣，有很大的提高呢，就連我自己都嚇一跳！」

「嗯，繼續努力。」黑貓眼睛都沒離開過望遠鏡一秒。

「對了，你之前說要寫給我的歌，現在進度如何了？」初曉又問。

「那個啊……還沒開始寫呢。」

「不會吧？！」初曉聽了直跳起來，她說：「現在離提交比賽曲目也只剩下三天了耶！還沒開始寫？」

「沒看見我很忙嗎？」黑貓說。

「雖然我知道你現在很在意那傢伙的事，但是我的比賽也很重要！」初曉一把搶過望遠鏡，自己先看了一下，說：「根本就和昨天一樣嘛，這有什麼好看的？」

雖然知道每天都在做著徒勞的監視，事實上一點作用也沒有，黑貓也明白那個冒牌的諾雲生既然是有備而來，肯定不會這麼容易就讓自己抓到破綻的。

「唉……好吧，那現在就來寫歌吧。」黑貓沒精打采的。

「你這個樣子我很擔心誒，你該不會隨便弄一首歌來糊弄我就算了吧？」初曉問。

「妳這麼了解我真讓我感到火大。」黑貓說。

「你的回答才讓人火大！」初曉朝牠吼道。

「剛才跟妳開玩笑的，其實歌一早就寫好了。就差把樂譜完善一下就行了。」

「真的？那快拿給我看一下。」初曉就知道黑貓不會扔下自己不管的。

「在妳書包裡。」黑貓說。

初曉連忙去翻書包，果然從書本裡翻出一疊不同於其他筆記的紙張來。

這就是她即將用來參加銀星歌唱大賽的重要樂譜！初曉滿心期待，打開一看——

「這是什麼？」初曉問。

這些樂譜上面就只有無數個貓爪子印而已，怎麼看也不像是樂譜，反倒像是爪印組成一幅幅奇特的抽象畫。

「樂譜啊。」黑貓說。

「除了你，這樂譜誰看得懂啊！」初曉把那張貓紙摔在黑貓面前。

「創作時為了方便就直接用爪子印上去了，翻譯一下就行了嘛。」黑貓說。

「你寫的這是摩斯密碼嗎？居然還要翻譯。」

「那就先翻譯演唱的部分吧。」

黑貓指揮初曉把前兩張的樂譜翻譯成簡譜。不過暫時還沒有歌詞，所以初曉只能對著樂譜哼著調子。

「咦，好像還滿容易上口的。」初曉說。

「因為要顧到妳的水平。」黑貓說。

「不過很好聽，我很喜歡呀。」初曉表示滿意。「對了，前兩頁是演唱的部分，那後面這些有什麼用？」初曉翻弄著剩下的幾頁樂譜問黑貓。

「那是琴譜，伴奏用的。唱歌部分和伴奏部分雖然說主旋律是一樣，但寫出來的話，就大不相同了，所以要分開寫。」黑貓說。

「哦。」初曉反正也聽不懂，她更關心歌的本身。「那詞要什麼時候才寫上去？」

「妳先照這樂譜練一下發聲，歌詞想好了我自然會加上去。」黑貓說。

「好吧。」初曉倒不介意這個，她捧著樂譜哼著，越發的喜歡這首曲子。這可是只屬於她一個人獨有的歌曲呀！初曉興奮的想著，就像明星都擁有著獨一無二的屬於自己的曲子一樣，她也擁有這樣的一首歌曲啦！

初曉又再度投入到新一輪的練歌熱情中去了，黑貓問初曉討回望遠鏡，繼續盯梢。

到了學校清場時間，初曉和黑貓也離開了學校。

「今天有什麼發現嗎？」初曉問黑貓，牠可是一刻也沒有放鬆過自己的監視活動。

「我只看到他在學生會很正常的處理著文件。」黑貓說。

「看來他在學校裡的防備意識非常高，不太可能會露出馬腳。要找到他的破綻，看來得要私下跟蹤才行。」初曉說。

「妳不是還要忙著練歌嗎？哪有時間搞跟蹤？」黑貓說。

「也是啦，不過……」初曉也不好意思只顧著自己的事。

「妳只要唱好妳的歌就可以了，跟蹤的事我一個人就行。」黑貓說。

「你？」初曉看了一眼個子矮小的黑貓。

「至少我跑得比妳快。」黑貓說。

初曉還是懷疑的看著牠。

「我還會跳牆和爬樹！」

「好吧。」初曉同意牠的話，搞跟蹤這種事情，搞不好真的是以敏捷著稱的貓科類動物比較擅長。

「那我們暫時分頭行動。」黑貓說。

初曉點了點頭，於是，這一人一貓就在學校分道揚鑣了。

隔天，初曉回到學校，麗月奇怪的問初曉：「咦？怎麼今天不見妳的貓，牠不是天天陪妳來上課嗎？」

初曉望了望窗台，上面空空如也。照平時的習慣，這個時候黑貓早就蹲在那裡和初曉一起上課了。

自從昨天分別之後，黑貓就沒有再露過面，不知道牠到底跑哪裡去搞調查了。

可能因為黑貓不在的緣故，初曉上課時也變得心不在焉，總是不時看向窗外，那低密的樹叢裡彷彿隨時會跳出她熟悉的那個身影一般，初曉一邊做著白日夢，一邊度過了早上的課堂時光。

但是，在接下來的第二天，黑貓還是沒有出現。

就連平時習慣於看到初曉帶貓來上學的同學們也開始過來關心，詢問著這兩天怎麼貓不來了的事，初曉只好一邊支吾的應著、一邊撒謊說貓生病了。

同學們都擔心著生病的小黑貓，但事實上比她們更擔心的卻是初曉，只有她才知道，黑貓其實是去執行一件極其危險的任務，就是跟蹤調查那個冒牌的諾雲生。但是，牠現在的形態畢竟只是一隻小貓，萬一被那個假的諾雲生發現的話，他會放過牠嗎？

初曉有點坐立不安，她開始後悔太輕易就同意了讓黑貓自己一個去調查這件事，因為她低估了事情的嚴重性，黑貓之所以不出現是不是意味著牠是「無法出現」呢？難道那個諾雲生對牠做了什麼事？難道牠遇到了危險嗎？如果牠被捉走了那又該怎麼辦？除了能聽得懂牠說話的自己，就沒有人可以救得了牠了。

越想越覺得不對勁的初曉，忍無可忍的站了起來，麗月驚奇的問：「馬上就要上課了，初曉妳還想去哪？」

「學生會！」初曉扔下這句話後就衝出了教室。

聽到初曉大叫的同學們都被她的發言嚇了一跳，初曉和學生會……這不是馬和牛之間的關係嗎——就是沒有關係。

像風一樣奔往了西教學樓，初曉這次連銀色校徽都沒有佩戴就直接飛奔進了大樓裡面。而那個正在看報紙的值班老師只覺得一陣強風掠過，抬起頭來的時候卻什麼也沒看到，初曉早就以激光般的速度從他眼皮底下一閃而過了。

這次難得沒有任何喘息機會的直接衝上了十二樓，明初曉十分勇猛的一腳就蹬開了學生會的大門，並衝進去大叫道：「諾雲生！你這混蛋給我出來！」

學生會在場的成員都被這突然從門外衝進來的女生嚇了一跳，初曉環視了一週，並沒有找到她要找的人。因為西教學樓的教學制度跟初曉所在的東教學樓並不相同，他們的課程時間表是錯開的，基本確定學生會隨時都在運作中，如果諾雲生不在這裡，那有可能是因為他剛好有課。

原本打算像上次一樣再度殺去十樓的初曉，卻被一個熟悉的聲音叫住。

「妳不就是叫明初曉的嗎？」

初曉轉過身來，此時說話的人正是上次在學生會門前「接待」她的眼鏡男——小林同學。

「會長這兩天都沒來學校，他請病假了。」小林以他平靜毫無變化的表情陳述著一個事實。

「你說諾雲生這幾天也沒來學校？」明初曉問。

「是的，如果妳要找他的話，恐怕要等他回來後了。」小林習慣的推了推眼鏡，聲音平板，他指了指初曉踢壞了的木門說：「還有，破壞公物是要賠償的，這件事我們會上報給妳的班導師。」

初曉背後不禁冒出黑線無數，她是救貓心切一時衝動，居然就這麼把人家學生會的門給踢壞了，本來是打算找到諾雲生直接質問他到底對黑貓做了什麼，結果現在人沒見到，居然還得到他請假的消息。連他也請了假，這麼巧合的事怎麼看也極不尋常啊！

悻悻的離開了學生會，初曉原本高漲的氣焰一下子就熄得只剩下隨風而飛的幾點小火星了。在走回自己班的路上，初曉又遇到了暗黑女子四人組。

「怎麼又是妳們。」初曉看到她們都已經完全提不起興致來了。

「是我們又怎麼樣？妳幹嘛露出一臉的無趣表情。」珍珍說著，初曉這明顯的低落表情讓她們這些對手也彷彿提不起與她對敵的幹勁了。

「這次又打算怎麼樣？」初曉只好恪盡己任的問一下這幫對手們又想幹嘛了。

「妳似乎還不打算交參賽曲目嘛，怎麼？就這麼怕被我們複製嗎？」小瑛問。

「咦？」初曉如夢初醒一般的拍了一下手掌，她說：「今天不就是最後的限期嗎？！幸好妳們告訴我，我都差點忘記這件事了！」

這樣說完的初曉，立即飛奔越過暗黑女子四人組，直接衝回了教室。

經常被初曉說話到一半就被扔下的四人組面面相覷……

「難道我們無意中幫了她嗎？」

「怎麼可能！明初曉一直最緊張的就是這次的銀星歌唱大賽了，她怎麼可能會忘記今天是要上交曲目資料備案的最後日子，剛才肯定是她在耍我們。」

「但我看她的樣子好像真的很焦急。」

「她一定是想蒙混我們的視線，其實她是怕被我們知道她要交哪首曲子，所以才故意拖到這麼晚還不交吧？」

「嗯，這個可能性非常大。」

「不過，初曉同學真的以為我們這麼容易就會被她騙倒嗎？」小瑛露出志在必得的陰險笑容說：「不論她玩什麼花樣，最後總得去交曲目資料的，我們就跟她一起去吧！」

當然，初曉會這麼緊張是有原因的，因為黑貓的消失，她手上的樂譜還有一部分沒來得及「翻譯」出來啊！這會兒叫她怎麼能把這東西交上去備案呢？！

十萬火急的趕回教室，從書包裡挖出之前黑貓給她的那份樂譜，初曉都要哭出來了，這麼緊要的時刻，黑貓到底哪裡去了啊？除了牠，根本沒有人能看得懂這上面畫的是什麼意思吧！

「初曉，妳哭什麼啊？遇到什麼困難了嗎？要不要說出來看看大家能不能幫忙？」看到初曉表情古怪的麗月關心的問她。

「妳會看摩斯密碼嗎？」初曉看著麗月問。

「哈？」麗月奇怪的哈了一聲。

「拜託給我一個翻譯機啦！」初曉抓著頭髮大喊。

「妳在說什麼？」大家都聽不懂初曉的話。

初曉掏出黑貓樂譜給眾人看，她半帶期望的問：「有人看得懂嗎？有沒有人！」

「這是什麼東西啊？」大家紛紛傳閱著，這是平時與初曉比較要好的幾個同學，但是她們都搖頭說：「這東西太高深了……」

「嗚嗚嗚……難道我的努力就在這最後的一刻玩完了嗎？難道我真的只能去唱《永恆的希望》了嗎？我不要被複製啊！」初曉痛苦的伏在桌子上。

「這是跟妳參賽有關的東西嗎？」麗月似乎聽出了一點眉目。

「這是樂譜啦。」初曉聲音呆呆的回答道。

「如果這是樂譜的話，也未免太怪異了，給妳寫這樂譜的傢伙是在捉弄妳吧。」大家都不敢相信這張張上面都只有貓爪子印的東西就是樂譜。

「……」初曉已經沒有力氣回答別人的提問了。

黑貓失蹤了，自己又遇到不得不提交曲目資料的最後限期，為什麼偏偏最糟糕的事情都發生在同一時間啊？初曉覺得自己真是倒楣透了。

「不過我們也不懂音樂，會不會這樂譜只有會音樂的人才看得懂呢？」其中一個女生安慰著初曉。

初曉像聽到了最後希望一般，抬起頭來。對了，雖然說是貓爪子印組成的，但好歹也是名符其實的「樂譜」，如果是懂音樂的人，應該就能看出點什麼門道了吧？

帶著最後的希望，初曉拿著樂譜，直奔去尋找可以給她最後解救的人了。

當初曉來到她認為可以求助的幾位同學面前時，那幾個女生倒是被她的出現嚇了一跳。

「妳來幹嘛？」小瑛問初曉。印象中永遠是她們四人組主動去找初曉挑事的，還從沒遇到過初曉主動前來挑戰的情況。

「拜託！妳們是合唱團的成員吧？幫我翻譯一下行嗎？」初曉焦急的問婷婷和小玲。

「翻譯？翻譯什麼東西？」婷婷和小玲不懂初曉在說什麼。

「就是這個。」初曉連忙把自己手裡的貓印樂譜拿出來給她們看。

「這是什麼東西啊？」就像大家看到貓印樂譜的第一反應，誰也猜不透這幾張詭異的紙張到底是什麼來歷。

「這就是妳們最關心的——我即將用來參賽的曲目資料啊！」初曉說。

「妳是開玩笑嗎？」婷婷瞄了一眼那張樂譜，這明初曉的戲也做得太差了吧？居然拿張自家寵物亂踩過的紙來欺騙她們。

「這不是玩笑。」初曉認真的盯著婷婷和小玲說：「怎麼？妳們一點也看不出線索來嗎？妳們不是合唱團的成員嗎？妳們不是專業級的嗎！妳們的專業呢？給我拿出來啊！」

可能是初曉的表情太迫切了，婷婷和小玲都不禁有種「她是認真」的感覺。兩人只好又再低頭研究了一會兒，但是看不出來就是看不出來，再看下去貓印也不會變成音符啊。

「抱歉……我們真的看不懂。」婷婷和小玲遺憾的說。

小瑛一把搶過兩人手中的貓印樂譜，看了看說：「妳們居然還真相信她的鬼話？這要真是樂譜，那我就是貝多芬了！」

把貓印樂譜塞回給初曉，小瑛說：「初曉同學，就算妳想要騙我們上當也拜託把道具做得像樣一點。誰相信妳會拿這種東西去備案呀？其實妳是怕我們發現了妳真的曲目資料吧。」

初曉只知道就連心目中專業的對手們也看不懂這張樂譜，她非常的失望。在這種時候還可以指望誰呢？初曉抱著樂譜，一臉萎靡的離開了。

「喂喂，看她的樣子好像真的很失望。」初曉離開後，暗黑女子四人組又小聲的展開討論。

「這是演技啦，演技。」

「演技這麼好，幹嘛要去唱歌？去考演藝班啦。」

「不過剛才那份貓印紙，雖說古怪，但認真看起來的話好像還真有那麼一點規律。該不會真的是份樂譜吧……」

「妳想太多了！」大家異口同聲的否定了某人的這個奇異想法。

初曉抱著最後希望又問了幾個對音樂有點認識的同學，大家雖然有學過不同的樂器，但對於

這麼另類的樂譜卻是聞所未聞，更別說是破譯它了。

終於捱到最後的時間，在今天放學前不得不把曲目資料提交了，否則也是被當成棄權處理，初曉逼不得已，只好垂頭喪氣的去音樂教員室找老師交資料去了。

在敲響了音樂教員室的門後，初曉走了進去。

「真遲呢，我差點以為妳要放棄了。」音樂老師看到來的人是初曉，有點放心了。她一度挺關注這個參賽的學生。

「妳的資料呢，都帶來了嗎？」音樂老師翻開文件，正打算記錄。

初曉把手裡的一疊東西交了出去。音樂老師接過後看了看，奇怪的抬頭問初曉：「這是什麼？」

果然大家都看不懂啊……但是初曉還是不死心，她說：「這是我要參加比賽的樂譜。」

音樂老師以為自己聽錯了，她說：「但是，這不是樂譜啊？」

「這是樂譜。」初曉肯定的說。

音樂老師看了看初曉，這個學生的眼睛裡有著堅定如石的神色，一點也不像在開玩笑。

「這是怎麼回事？」音樂老師耐心的問道。

「這是我一個朋友寫的樂譜，但是，他最近失蹤了，所以沒來得及翻譯出來。」初曉說。

這乍聽下是件非常不得了的事情，光是人口失蹤了的發言就已經夠讓音樂老師嚇一大跳，而且這學生還說這樂譜沒來得及翻譯，這是需要翻譯才能使用的樂譜嗎？音樂老師還從沒聽過如此離奇的事情。

「這是真的！」初曉強調。因為她從老師的眼中也看到了像其他人一樣的懷疑目光。

「好吧，我相信妳。但是，這樣的資料是不能提交的。」音樂老師對初曉說。

「果然如此嗎……」初曉像聽到最後的審判一樣失望的低下頭。

可能是看到初曉快要哭出來的樣子吧，音樂老師突然覺得有點過意不去，她認真的審視了一下手上的貓印樂譜，過了一陣子，老師疑惑的說：「不過，這張樂譜雖然都是貓爪子的印記，但細看起來卻又不是完全相同的印子，而且還有些特別的記號……」

音樂老師從筆筒裡拿出筆來，嘗試在上面加畫了五條線。

「咦？這還真的是張樂譜呢。」音樂老師驚嘆道。

初曉瞬間回復了希望，她說：「老師妳看得懂？」

「雖然我不太敢肯定，不過照著這樂譜前面的兩張簡譜的旋律來看，後面的應該是這樣吧。」音樂老師開始研究起來，在紙上寫寫畫畫了一陣後，她說：「好了，這樣就完整了。」

「哇，不愧是老師！妳是最棒的！」初曉高興得直撲進音樂老師的懷裡去了。

「這曲子作得不錯呢。旋律非常的動人，而且還有幾處為歌手特別安排的細節技巧，正適合用來參賽。看來妳的朋友非常了解妳的情況。」音樂老師讚道。

「不過，歌詞還沒有呢，這樣資料就不齊全了。」老師說。

「糟了，我忘記還有歌詞……」初曉說。

「呵呵，不過樂譜倒先齊了，歌詞妳就以後再補上給我吧。因為如果曲目是原創的話，時間上的限制是會寬鬆一點的。」老師說。

幸好還有這種人性化的規定，初曉終於放下心來。

自己這邊的事情總算解決了，但剛鬆了口氣的初曉，卻又再度擔心起來。

不知道這時候的黑貓，會在哪裡呢？

MIAOW 08

卑鄙的遊戲

日子如常過去，但黑貓仍然不見蹤影。在沒有黑貓指導下的初曉，仍每天對著樂譜練著沒有詞的歌曲，但是她卻越發掛念那隻平時在身邊也只會吐槽人的小貓了。

在離開學校的時候，初曉一邊想著黑貓的事情，一邊朝前走著。

剛好走到一個小樹叢的邊上，忽然從樹叢的後面伸出來一隻手，掩住了初曉的嘴巴，把她拉進了灌木叢生的樹後，初曉一邊掙扎著一邊回頭，在看到了一張熟悉的面孔後她指著那人叫道：

「你這個冒牌貨！」

初曉眼前出現的不是別人，正是人類模樣的諾雲生。

「我是真的的那個啦！」諾雲生朝她叫道。

「我怎麼知道你是真的還是假的？！」初曉一把將他推開。

「因為假的在那邊。」諾雲生把初曉的頭擺正角度，指了指前方。

初曉的視線朝諾雲生所指定的方向看去，果然，在學校的步道上有幾個學生會的成員走著，中間有一個正是戴著學生會會長徽章的「另一位」諾雲生。

「咦？你變成人了？」初曉這才相信眼前的這位是真人。

「可惜只有十五分鐘，這時間用來幹什麼都不足夠。」諾雲生說。

「這幾天你幹嘛去了？」初曉把自己最關心的問題問了出來。

「遲些跟妳說。我們跟著他。」諾雲生和初曉說。

初曉和諾雲生一直跟著偽學生會會長，看到他在校門外跟其他學生會成員揮了揮手，就自己朝另一個方向離開了。

偽學生會會長似乎不知道自己的身後跟了兩個形跡可疑的傢伙，只一味的前行。拐了一個角，偽學生會會長就走進一條巷子裡面。初曉和諾雲生趕緊加快腳步追上，可是當他們一起拐進同一條巷子的時候，卻嚇了一跳。

因為偽學生會會長正站在兩人的面前，微笑的等著他們出現。

「跟了這麼久，辛苦你們了。」假冒的諾雲生挑了挑眉，以歡迎的姿態對兩位說。

「你這個山寨品到底想幹嘛？」初曉見形跡已經敗露，就不跟他客氣了，直接指著假諾雲生問道。

「我想幹嘛不已經正做給你們看了嗎？」山寨版諾雲生乾脆也不掩飾了，直接跟初曉對嗆。

「你到底有什麼目的？」真正的諾雲生看著眼前這個跟自己長得一模一樣的人問。

「我的目的，很簡單，就是要變成你。」山寨品說。

「為什麼偏偏是我？你既然懂得用黑魔法，應該有很多選擇吧。」諾雲生說。

「沒辦法啊，因為我只能變成你。」山寨品攤了攤手。

「這是什麼意思？」初曉糊塗了。

「要不要來玩個遊戲？」山寨品這樣說著的時候，忽然伸出一隻手，把對面的諾雲生也拉了過來，對初曉說：「妳閉上眼睛，轉過身後數到三，再轉回來，妳能認出誰是真的、誰是假的嗎？」

初曉覺得憑著自己對黑貓的了解，一定能認出來的。於是她想也沒想，就轉過頭去，大聲數了「一二三！」，再轉回來的時候，她眼睛就直了。

剛剛學生會會長胸前的徽章已經被山寨版的諾雲生取下，連這唯一的識別都消失了之後，現在身穿著相同校服站在自己面前的兩個諾雲生可以說是完全的一模一樣！

初曉的手指在兩人之間游移不定，她的眼睛也在游移不定，看看左邊，又看看右邊，她張著口卻叫不出來哪個才是真的。

結果最後從初曉嘴巴裡吐出來的話是——

「真是見鬼了，這是整人遊戲嗎？你們倆是猴子變的啊？怎麼這麼像！」

「笨蛋，我是真的啦！」左邊的諾雲生說。

「別相信他，我才是真的！」右邊的那個也不甘示弱。

「這是什麼跟什麼啊？」初曉越發頭暈了。

就在這個時候，兩個諾雲生中間，突然消失了一個，黑貓可以維持人類模樣的時限已過，只有變回貓了。

「分出來了，你是假的！」初曉指著還在原地的那個大叫。

「太遲了！」對方對初曉的無賴分辨法投以鄙視的白眼。

黑貓回到初曉身邊，跳到了她的肩上。

「喂，你還沒說你到底是什麼東西呢，你真的是人類嗎？」初曉問假冒的諾雲生。

「我當然是人類，貨真價實。」對面的假諾雲生說。

「套用別人的身分活著有什麼樂趣可言？難道你就沒有你自己的生活嗎？」初曉生氣的說道。

「我為什麼要向妳解釋？」假諾雲生一臉的不屑。

「那我有資格要求得到一個解釋了吧。」初曉肩上的黑貓開口道。

「你們真的那麼想知道的話，也不是不行。」

假諾雲生看了看黑貓，又把目光放到初曉身上。

「妳是叫明初曉沒錯吧？聽說妳正打算去參加一個什麼音樂比賽，但據我所知，妳是個音樂白痴吧？居然會有這麼天真的舉動還真像妳的作風呢！如果妳能入圍的話，估計也是靠運氣，不過我們就來賭一下這個運氣如何？如果妳真的進得了決賽，那我就告訴妳原因。」

「你是在小看我嗎？！」初曉氣呼呼的瞪著這個假諾雲生。

「這麼明顯也看不出來嗎？」假諾雲生反問。

「我一定會進入決賽的，你就給我好好的看著！」初曉甩下狠話，一跺腳就轉身走了。

初曉最恨別人看輕她音樂比賽的事了，黑貓倒比較沉默，似乎在想著什麼事情。

初曉在走遠了之後，她問黑貓這幾天發生的事。原來黑貓之前一直在跟蹤那個假冒的諾雲生，還真發現了一些事情。

「這幾天這個冒牌貨都沒有來學校，原來是回老家了嗎？」初曉從黑貓的敘述中聽到了一些重點。

「是的，而且這個傢伙住得也並不遠，就在鄰近的縣市而已。」黑貓說。

「這就奇怪了，既然大家不住在同一個地方，按道理應該不會有什麼交集才對，為什麼他要

選擇冒充你呢？」初曉用手指敲著嘴巴，百思不得其解。

「但是，我總覺得我也曾經去過那個地方……」黑貓回憶道：「當我跟蹤他到了那裡之後，周圍的景色非常的熟悉，就像我以前也看過相似的景色，我覺得或許我和他是有些關聯的，但又想不起來。」

「怎麼好像變得複雜起來了。」初曉看了看黑貓，而黑貓卻在努力回想著什麼似的一臉認真。

「看來，想要找出這件事情的線索，現在只能去一個地方求證了。跟我來。」黑貓突然朝前跑了出去。

「要去哪？」初曉只好跟著黑貓也跑動起來。

「我家。」黑貓頭也不回的道。

於是，初曉和黑貓來到了諾雲生的家門口。在黑貓熟門熟路的帶領下，初曉跟著黑貓從後院一個比較隱蔽的牆縫中，鑽到了院子裡。

「我們好像小偷喔。」初曉雖然這樣說，卻一臉的興奮。

「小偷才不會偷溜進自己家。」黑貓說。

「要是等會碰到人了怎麼辦？」初曉問。

「我幾乎是一個人住，應該不會有人的，除非那個假的回來了。」黑貓說著的時候已經帶著初曉不斷前進，深入到屋子裡面了。

「那我們現在要去哪裡找線索呢？」初曉盡量壓低聲音，雖然黑貓說屋子裡沒有人，但初曉就是無法擺脫那種入侵別人家裡的緊張感。

「二樓的盡頭有個舊物房，或許我們可以在那裡找到一些有用的訊息。」

黑貓藉著牆邊一跳，就超前的跳到二樓的窗外去了，剩下初曉留在地上仰頭看牠，不滿的說：「喂，我又不會爬牆，要怎麼跳上去啊？」

「誰要妳跟著我跳了，自己不會去走樓梯啊？」

黑貓示意她的身後，初曉這才看到自己後面的屋子就有扇門，打開裡面正有樓梯通往二樓。

初曉嘀咕著「做貓真方便」，一邊自己跑樓梯去了。

來到了二樓，長長的走廊兩旁有著三、四個房間，想不到黑貓的家挺大的，看來這傢伙還是個有錢的少爺來著，初曉一邊好奇的東看西看，終於摸到了最後的一個房間，並打開了門。

黑貓早就在裡面等著了，看到初曉說：「怎麼這麼慢！」

初曉關上了門，這舊物室看起來相當整潔，一整排的落地書架，看來像個兼用的書房一樣。

黑貓跳到書架的其中一層，對初曉說：「把這些相冊拿出來。」

初曉照黑貓的吩咐，把牠指定的幾本相冊從書架上取了下來，放到地上。黑貓也跳回地上，和初曉一起翻看。

「哇，這是你小時候的照片嗎？原來你以前長這個樣子喔，真可愛。」初曉翻開相冊，一邊驚奇的叫著。

「我記得那裡的風景出現過在照片中，如果沒記錯的話，應該是這本才對。」黑貓對著其中一本相冊猛翻，最後終於停在了一頁說：「找到了！就是這裡。」

「哦？原來那個冒牌貨就住在這張照片的屋子裡嗎？」初曉伸過頭來，看黑貓指的照片，隨即又有疑問：「既然你家的相冊裡有他家的照片，難道說你們其實是親戚？」

「但我從來沒見過他這號人物啊。」黑貓也不敢肯定這個可能性。

「喔……看來我找到答案了。」初曉的手指一戳，從另外一本相冊中的夾縫中挑出了一張年代相當久遠的照片來。

「瞧，這是一張合照哦。」初曉朝黑貓展示她手裡那張已經有點發黃的嬰兒照，而那嬰兒是成雙的，一對年輕的父母各自抱著一個小嬰孩，對著鏡頭展現著微笑的表情。

照片下面還有一行小字：紀念天使們的降臨，攝於X年X月X日。

「這是我的父母沒錯，那麼，這裡面的其中一個嬰兒是我？」黑貓居然從沒留意過有這樣的一張照片。

「如果我沒有猜錯的話，這還是一對雙胞胎呢。」初曉看著黑貓，恍然的說：「怪不得你們長得這麼像！原來你們是雙胞胎啊。」

「這只是妳的猜測而已吧？」黑貓有點半信半疑。

「這可不只是猜測。」初曉把照片的背面給黑貓看，雖然字跡有點淡去，但上面的確寫著四個字：雲生雨海。

「你叫諾雲生沒錯吧。」初曉戳著照片說：「現在，我們也知道冒牌貨的名字了，他叫諾雨海！」

「如果我們是雙胞胎的話，為什麼我從沒見過他呢？」黑貓也不得不接受這個事實了。

「這件事看來你是一點也不知道呢。不過，從另一位的態度看來，他卻似乎知道不少事情。包括他有意的把你變成黑貓後又冒充了你，肯定有什麼理由。」初曉像個偵探一樣分析起來，說得頭頭是道。

「那看來想要知道事情的真相，非得由他親口說了？妳覺得他會遵守承諾嗎？」黑貓問。

「什麼承諾？」初曉反問黑貓。

「若是妳能進入決賽，他就告訴我們理由啊。」黑貓還記得剛才諾雨海說過的話呢。

「咦？」初曉也想起來了，她說：「說起比賽，你幫我作的歌到現在還沒有寫上詞呢，害我差點沒法交資料！」

初曉正打算把之前的委屈好好申訴一下，誰知道這個時候樓下傳來了開門的聲音，黑貓立即從窗外跳走，臨走前還大叫道：「快走，冒牌貨回來了。」

「我又不能像你一樣跳窗就行！」初曉哇哇大叫，也顧不上收拾散落一地的照片了，只胡亂的把它們踢到桌子底下，但是腳尖卻一下碰到硬物的觸感，初曉疑惑的伏下身來，伸手進桌子底下摸了摸，居然被她摸出一本書來。

「這是什麼東西？」初曉隨手翻了幾頁，只見上面一堆古怪的實驗方程式，而且還有些圖文解說，她驚奇的發現道：「這就是諾雨海的那本黑魔法嗎？」

黑貓這時已經跳到窗外的樹上，聽到了初曉的話時不禁回過頭來，牠說：「真的假的？得把書一起帶走！」

「他已經上來了！」初曉急得團團轉，最後乾脆把牙一咬，直接把書扔了出去說：「想辦法先把書藏起來！」

書直接掉到一樓草地上，黑貓立即飛跳下樹。這個時候，二樓舊書房的門已經打開了，初曉從窗外回過頭來的時候，正對上那和諾雲生一模一樣的臉孔。但她知道，眼前的這個人並不是諾雲生，而是他的雙胞胎兄弟——諾雨海。

「妳怎麼會在這裡？」諾雨海看到初曉出現在二樓的書房裡時，不禁愕然。

「你眼前的一切都是幻覺！」初曉指著他說：「包括你把自己當成是別人的替身一樣，這也是幻覺！快點醒吧。」

「妳知不知道非法入侵別人的家裡是犯罪？」諾雨海平靜的對初曉道。

「這句話我還給你。」初曉哼了一聲。

「我要報警的話，花不了十分鐘就可以把妳繩之於法。」諾雨海繼續恐嚇道。

「沒關係，我要從這裡消失也花不了一分鐘！」初曉這樣說著的時候，人已經爬出窗外了。

眼看著這個打算要跳樓的女生一副視死如歸的模樣，諾雨海也嚇了一跳。

雖說這裡只是二樓，但從這裡跳下去也是有危險的，衝到窗邊正要阻止這個笨蛋幹出傻事，諾雨海卻只來得及看到一抹迅速下滑的身影，靈活的初曉早就順著窗邊那條水管溜到地面上去了……

對著在窗旁看著自己的諾雨海吐了吐舌頭，初曉擺出一個V字手勢，宣告自己的勝利。

在後院和黑貓會合後就逃離了大宅，初曉和黑貓成功的完成了這次的突擊行動。

而在書房裡發現了地上殘留著一些照片的諾雨海，這才終於明白這兩個傢伙是來幹嘛的。喃喃的說著：「居然這麼快就被發現了嗎？」諾雨海只露出一個毫不在乎的笑容。

回到家後，初曉和黑貓迫不及待的翻開那本疑似雨海所使用的黑魔法書，居然真的被他們在目錄裡找到了黑貓身上被施的那種魔法，一人一貓大喜過望，連忙翻到所需的頁數——

但無論怎麼翻閱，直接跳空的數頁讓初曉和黑貓不得不承受那過分興奮而後失敗的滋味，那重要的幾頁明顯早就被人撕走了，當然，會這麼無聊的把它們撕走的人，除了諾雨海還會有誰？！

「那個不愛護公物的混蛋！這麼珍貴的文獻怎麼可以隨便撕掉，這種還能使用的魔法書可是國寶詼！」初曉氣得要掀桌子。

最失望的應該數黑貓了，原本抱著極大的希望，現在一瞬間破滅，別提有多受打擊。

「看來只有那個辦法了。」初曉一腳踩在書上，意志堅定。

「還有辦法？」黑貓抬頭看她。

「就讓我順利的通過銀星歌唱大賽，然後讓他遵守承諾，乖乖的把能令你變回人類的方法交出來！」

「你們之前交涉的時候，好像不是以這個為條件吧？」

「既然他說只要我能通過初賽就會把原因告訴我們，那麼難保他接下來就會跟我們約定只要我通過決賽就把方法交出來呀！」初曉理所當然的說道。

「別把我的前途交付在這麼沒有保障的事情上面！」黑貓大叫。

「連你也不看好我嗎？你怎麼可以這樣沒有義氣！」

「這跟義氣沒有一毛錢關係！」

「唉呀，你現在說這些也太遲了。」初曉一臉「你已經沒有選擇」的表情。

把之前未完善的歌曲拿出來遞給黑貓，初曉鼓勵的說：「就把你的憤怒轉化為動力，讓我通過大賽吧。現在我們可是坐在同一條船上哦！我也會努力獲得入選資格的！」

「我怎麼覺得自己上的是一條賊船。」黑貓無奈，此時的牠什麼也做不了，只好一肚子委屈的去寫詞了。

歌曲在黑貓的努力下終於成為完整版，初曉歡呼一聲，立即拿來練習。

黑貓身為作詞作曲兼初曉的個人音樂指導老師，對初曉是相當的嚴格，哪怕初曉只是犯下一點微小的錯誤，也不在牠的容忍範圍之內，同一個音符也是糾正糾正再糾正……

在初曉已經第一百零一次的唱同一個音的時候，她不禁委屈的說：「你會不會有點吹毛求疵了啊？我覺得我唱的這個音沒有問題呀。」

「妳的意思是說我聽錯了嗎？！」黑貓毫不留情的堵住她的抱怨。「別以為這種細微的地方用懶音就可以蒙混過去，連我都聽得出來，評審又怎麼可能會聽不到？給我重來一遍！」

「嗚……再繼續不停的唱這個音，我都快不認得它了。」初曉只好繼續。

因為初曉現在正站在影響黑貓命運的轉折點上，黑貓又怎麼可能掉以輕心，就算以前對初曉能否通過比賽只是抱以好奇的觀望態度，現在也變成非成功不可的火般意志了。

「這裡重來！」

「不行！再重來！」

「重來重來重來！！」

初曉就在黑貓的咆哮聲中拉開了比以往更艱鉅的練歌之路。

所謂嚴師出高徒，幾天的練習下來，初曉的進步也是相當的明顯，以前一直以為無關重要的細節，一旦全部糾正過來，效果居然如此之大。

「因為那些都是基礎中的基礎，其實妳的音質很不錯，只要改掉以往在唱歌中那些隨心所欲犯下的小毛病，程度的提高當然是顯而易見的。」

這段時日，黑貓對初曉可謂不留情面，任何一個音符都不放過，給初曉以嚴厲的要求，現在一整首歌唱下來，初曉覺得自己專業得都差點可以去巡迴演唱了。

「少自滿了，妳這隻井底之蛙。」黑貓看初曉那神色就知道她腦子裡幻想的是什麼，一手戳破她的美夢泡泡：「離專業歌手妳還差得遠。」

「人要有夢想才會有進步！」初曉大言不慚。

「對了，因為是原創的曲子，妳出賽的時候打算找誰給妳伴奏？」黑貓問初曉。

「嘿！這還得謝你呢，因為交了原創的曲子上去，音樂老師對我另眼相看，她很喜歡這首歌曲，還決定要當我的伴奏耶。」初曉一說到這個就感到特別的驕傲，那可是連合唱團的成員也無法享受到的高等待遇。

碟。

「哦，那真恭喜妳了。」黑貓說。

「這是老師給我預錄的伴奏曲子，說我可以先用這個練習一下。」初曉從書包裡掏出一片光碟。「今天就去音樂社室練一下合音後的效果吧。」

於是，在放學後，黑貓和初曉朝舊音樂社室的方向走去。

可是，當初曉和黑貓走到舊舍那邊的時候，卻看到幾個學生會的人正從音樂社室裡面搬著不知什麼東西。

「喂！你們在幹什麼？」初曉看到平時自己最珍視的地方被學生會的人搞得一團混亂，一時也傻了眼，她衝上去企圖阻止學生會的人繼續搬走那些電子儀器和設備。

但初曉還沒來得及做出什麼，一個熟悉的人影就已經站了出來，阻止了初曉的去路。身為現任學生會會長的諾雨海環抱著雙手，對初曉說：「不好意思，我們學生會要舉辦一個團體性的大型活動，所以要徵用音樂社室的閒置設備。」

「你明知道我天天都來這邊練習的！你是故意毀了我的音樂室！」初曉對著諾雨海大叫。

「這不是明擺著的嗎？」諾雨海一副「妳知道還問」的表情。

「你這個卑鄙無恥下流沒人格的傢伙！」初曉氣得動用了生平最尖銳的詞來罵人了。

「過獎。」諾雨海居然一點也不生氣，因為他比較喜歡看初曉抓狂。

「你們學生會太過分了！這裡明明是我先借用的！」初曉咬牙切齒，真想把諾雨海給扁到變紙人。

「音樂社室的設備本來就是公用的，不是誰的私人物品，我們學生會可是光明正大申請得到使用批准的，不知道初曉同學妳的使用權力又是誰批下來的呢？」諾雨海明知故問。

說到底，初曉當初之所以能額外得到音樂室的使用權，還是因為音樂老師同情她沒地方練習才私下把鑰匙交付給她，所以也不算是「正式申請」，就更別提校方批准使用權什麼的了。這方面她的確站不住腳啊……

當然，學生會挑這個時候來搞什麼大型活動，明顯也是衝著她來，所以初曉才那麼不服氣。

諾雨海說：「據我所知，整個學校參加銀星歌唱比賽的人並不在少數，光是合唱團就有好幾位了，憑什麼妳一個人可以獨享整個音樂社室？這對別人也不公平吧，妳說是不是，初曉同學？」

無法出言反駁的初曉，只好鼓了一肚子氣，眼看著學生會的人把音樂社室裡的東西一件一件搬空，連張白紙也沒給她留下。

失去了音樂社室的初曉，留在空空如也的房間裡也沒有意思，最後只得提前離開了學校。

「還好意思跟我說公平呢，他們學生會不就是憑藉著自己的勢力得到優先使用權嗎？居然還一臉正經八百的教訓人，真噁心。」初曉一路上還氣得直甩書包，把書包甩得像車輪一樣飛舞。

「現在說這些也沒用，有時間責怪學生會還不如想想接下來怎麼辦。」黑貓說。

「切，又不是只有音樂社室有播放機，大不了我在家裡練，可惜家裡的隔音太差，這幾天已經被鄰居投訴過無數次啦，這樣下去遲早會被禁唱的。」

雖然被學生會使手段奪去了可以隨心練習的地方，但初曉也不會因此而氣餒。相反，抱著打倒敵人的決心，初曉的練習更賣力了。

第二天，初曉回到學校的時候，麗月跟初曉說：「初曉，妳有大麻煩了。」

「什麼啊？」初曉不知道麗月這一大早要給她說什麼壞消息。

「妳前幾天的測驗不及格吧？所有不及格的學生，都要在放學後留下來做額外補習，而且不能缺席。」麗月說。

「哦？」初曉皺了皺眉，這件事她是沒聽過啦，不過補習什麼的她倒是不陌生。

「可妳不是要抓緊時間練歌嗎？聽說這次的計畫是學生會提案的，以我們年級為首選做示範，說是要看看補習效果如何，再打算全校推行這種『以優帶差』的學生互助學習計畫。」

「學生會提出的？怎麼又是他們！」初曉一聽就來氣。這哪是什麼學生互助學習計畫，根本就是諾雨海針對她明初曉一個人想出來的爛主意吧。

為了破壞她的銀星歌唱大賽練習，這冒牌學生會會長可說是出盡賤招，他哪來這麼多的可恨計畫？

「聽說這個學生互助補習計畫暫時擬定先推行一週，首批補習對象為上次測驗不及格者，而且因為是校方支持的計畫，所以會有訓導主任親自監督進行呢。初曉，妳這次是想逃也逃不掉了。」麗月一臉同情的說。

一週，那剛好就是離銀星歌唱大賽前還剩餘的練習時間了，初曉恨得咬牙，這不是明擺著坑她嗎？要不是諾雨海不在同一棟教學樓裡，初曉難保自己不會立即衝殺到他面前送上一頓暴扁。

「卑鄙無恥下流沒人格的傢伙！」初曉覺得再罵一次也不足以表達她的憤怒。

但是，身為成績吊車尾的初曉，實在沒有辦法不在放學後乖乖到指定的教室補習，誰叫她總是榮登不及格大軍的榜首呢……

教室裡集合了年級所有不及格的學生們，初曉挑了個靠窗的座位坐下，自從黑貓老跟著她之後，初曉現在都已經習慣性的坐在窗邊的位置了。

黑貓果然悄然的出現在窗外，問初曉情況如何。

「真是糟透了，居然在這時候才說要補習，我的練歌時間可是很珍貴的啊！都怪那個愛搞鬼的諾雨海。」初曉對黑貓說。

學生會的人果然如時到來。但身為學生會會長的諾雨海卻沒有出現，初曉不禁覺得奇怪。

不過據旁邊的同學爆料，這幾天學校裡來了幾位外賓參觀，校長和學生會的部分精英們都被調去搞接待了，估計沒時間過來給他們這幫平民補習，於是就隨便派幾個學生會幹事過來，初曉沒想到她連報復性的罵諾雨海的最後機會也沒有撈到。

因為是以優帶差的補習活動，大概一個學生會成員會分派到指導兩到三名差生，初曉那組被分到一個熟人——就是那個學生會眼鏡男小林同學。

「原來是小林啊。」黑貓看到指導人員後跟初曉說：「我有辦法讓妳早點脫身。」

「咦，真的？」初曉大喜過望。

黑貓偷偷在初曉耳邊說著什麼，初曉連忙掏出一個本子，刷刷的把黑貓說的記錄下來。

補習是分組進行，小林這時已經來到初曉所屬的這一組了，除了初曉，還有兩個其他班的男生。

幾位同學自我介紹完後，小林說：「那現在，我們先來做份練習，讓我清楚你們各自的程度在哪裡，再幫你們制訂補習內容。」

「小林老師！我有問題。」初曉舉手。

「嗯？什麼事？」小林依然一如既往的臉上沒有任何表情，望向初曉。

「我想請教一下你，這題要怎麼做呢？」初曉把本子上的一道題目推過去給小林。

小林的眼鏡閃過一抹智慧的光芒，他接過初曉的本子，低頭認真的看了起來。

一分鐘過去了，小林依然沉默著。

兩分鐘過去後，小林開始拿起筆來飛快的計算著什麼。

五分鐘過去後，小林不停的翻查著書本找公式。

十分鐘過去後，小林的計算紙已經換了好幾張了，結果依然沒有出來。

「小林老師……」旁邊另一個男生不得不開口說：「請問還要算多久呢？」

「是呀，還要算多久？」初曉也好奇的問，她給小林算的題目是黑貓給出來的，其實她根本不知道那是什麼東西，只是看小林算得這麼入迷，看來黑貓的題目難度是相當的高啊。

「啊，抱歉，一旦計算起來就會忘記雜事呢。」小林呆了一呆，抬頭說：「你們先做剛才我發給你們的考卷，不用管我。」

「哦。」大家於是各自埋頭苦幹。

五分鐘後，初曉舉手：「小林老師，我做完了！」

「咦？這麼快！」旁邊另外兩個男生才算了兩題，初曉就已經全部做完，那答案肯定是亂寫的吧。

小林還在和剛才初曉給他的題目搏鬥中呢，聽到初曉這樣說也是怔了一怔。接過初曉的考卷，他看著答案，然後有點不理解的抬起頭來問：「妳上次的測驗真的不及格嗎？」

「報告小林老師，是的。」初曉回答道。

小林又看了看考卷，再看了看初曉，他不確定的說：「但是……妳的答案全對呢。」

「是嗎？那就是不用補習的意思了吧？」初曉高興的說著，一邊抱起書包：「而且我出的題目你還沒算出來耶，加油囉！」

這樣說完的初曉頭也沒回就跑出了教室，剩下一同補習的兩男生目瞪口呆。

小林拿著手中的題目也非常的迷茫。不過他並沒有阻止初曉離去，因為他實在覺得自己還沒有資格可以指導這個水平莫測高深的學生啊……

在接下來的一週裡，初曉每天都給小林同學出道奇怪的題目，而小林給她的考卷她總是數十分鐘內就寫完，且毫無破綻的滿分通過，就連小林也疑惑眼前這個「年級差生」到底是真的還是假的？難道她以前都是故意隱藏實力嗎？以她現在的這種水平，簡直可以跟小林的偶象——那總是全年度排名第一的學生會會長齊名了啊。

於是，每天都有出席補習會，但每天都只花十幾分鐘就完事的初曉，她在最後珍貴的一週裡，還是爭取到足夠的時間可以練習唱歌了。

而就在初曉一邊防備著諾雨海會不會再搞什麼新花樣的時候，銀星歌唱初賽的日子終於到來了。

MIAOW 09 雙子之星背道而馳

「明初曉選手！恭喜妳成功通過初賽，順利進入決賽啦！」

一大早，初曉就從夢中大叫著醒來。

「白日夢時間結束，趕緊準備一下就出發去會場了。」黑貓在一旁冷冷的提醒初曉。

「唉？剛才的只是夢嗎！」初曉環顧四周，驚奇的自問。

「那也一定是個預知夢啦。」初曉完全沒有因為自己只是在做夢的事實而顯露出絲毫的失望。相反，她認為這是一個好兆頭。

今天是星期天，也就是銀星歌唱大賽初賽的重要日子。

因為銀星歌唱大賽是個挺知名的比賽，所以觀眾也會相當多，除了來自各校的老師、學生、家長外，還有普通的市民音樂愛好者。

大賽的會場被設定在音樂協會的禮堂裡，一早就有來自各校的參賽者進場準備了，初曉和黑貓到達的時候，正看到自己學校的老師和其他參加比賽的合唱團成員在場。千都學園裡的非合唱團成員、業餘參加者就只有初曉一個。

「大家等會要盡力發揮出練習成果，要注意可別因過度緊張而影響水平的發揮哦。」老師爽快的拍了拍手，以警醒各個參賽成員。

「知道！」大家都齊聲呼應。

比賽很快就要開始了，初曉雖然也很緊張，但只要她一想到多年的願望終於能夠達成的時候，她就覺得熱淚盈眶了。

「能參加這次比賽真是太好了。」初曉緊握著雙手，激動的喃喃道。

黑貓看她這麼感動也有點動容，大家可是經歷了很多才最終走到這一步，初曉的意志和決心絕對不會輸給這裡的任何一位專業參賽者的。

隨著現場熱烈的掌聲響起，台上的司儀以高亢的音調宣布著——

「第五十九屆銀星校園超新星歌唱大賽，初賽現在正式開始！」

因為選手眾多，而比賽是以預先抽號的方式決定出場次序，初曉抽到的是比較中間的位置，現在只有先進入後台等候登台。

後台裡也相當的熱鬧，各選手們都在爭取著在最後的時間裡再練一練，於是吵雜之聲混著各種歌樂飛揚，初曉在這樣的環境裡反而沒有剛才一開始時的緊張勁了。

「連比賽也帶著妳家的貓啊？」

這時初曉的身前出現了熟悉的兩個身影。

「婷婷！小玲！」初曉看到相熟的人不禁表現得有點興奮。

「別叫得這麼親密，我們可是比賽的對手。」婷婷擋著初曉想撲過來擁抱她們的舉動。

「什麼啊，我們可是同一間學校的選手呀，在這種時候，大家不是應該互相鼓勵什麼的？」初曉說。

「妳到底有沒有一點競爭意識啊？」婷婷有點受不了初曉的健忘性，她們暗黑女子四人組可是時刻以擊敗初曉為目標的啊！只是這個對手所表現出來的態度實在讓她們感到無比的挫敗。

「我並不想和妳們競爭啊，我只要能進入決賽就好。」初曉說。

「只有二十個名額可以進入決賽啦！光初賽就有一百多人，這是殘酷的競爭好不好！」小玲對初曉說。

「喔？是這樣的啊……」初曉說。

「妳到底是哪來的選手，居然一點也不關心比賽規則嗎？」

「這些事不知道也沒關係啦。」初曉隨意的擺著手說：「反正只要通過初賽進入決賽不就可以了嘛。」

「這傢伙到底是笨蛋還是在囂張……」婷婷和小玲覺得會拿初曉當對手的自己真是有夠蠢。

「本來還想跟妳唱同一首歌把妳給弄下來，沒想到妳這傢伙居然真去搞原創。」婷婷捂著額頭，回想起之前爭著要跟在初曉後面交資料的她們是多麼的白痴，搞到最後差點遲交資料而被除名的可是她們啊！

「誒，我也只是聽從別人的建議換了首歌。」初曉說。

「誰會給妳建議？」

「我家的貓呀。」

婷婷和小玲看了初曉一眼，完全沒有再跟她說話欲望。

而和初曉不同的是，婷婷和小玲的參賽號碼都比較靠前，很快就輪到她們上場唱歌了。站在後台偷偷觀望同為選手的她們在台上的表現，初曉暗暗讚嘆著，果然是有音樂底子的人呢，大家都表現得相當出色。

終於輪到初曉上台了。

「第六十二號選手，來自千都學園二年級的學生，明初曉小姐，將為我們獻上她的參賽歌曲——《風告訴我的事情》。歡迎選手上台。」

隨著司儀熱情的報告聲，場上掌聲響起，初曉在聚光燈的伴隨下終於走上她夢寐以求的舞台。負責鋼琴伴奏的是千都學園的音樂老師，在那輕快的前奏響過後，初曉清揚的歌聲便響起了，動人的旋律在禮堂中流淌著，台下的評審們也閉目細聽。

「六十二號沒有使用什麼特別的唱腔技巧，感覺有點樸素，雖然沒有任何修飾，卻又帶著一股少有的清新味道呢。」評審們私下小聲的議論。

「這位選手的資料上顯示她沒有任何音樂方面的經驗，如果這是她第一次唱歌的話，資質倒是不錯。」

「而且看她歌唱的樣子相當的投入，完全沒有怯場，在她的身上可以看得到那種嚮往舞台的熱情。」

在評審們的注目下，初曉完全無懼的歌唱著，毫不保留的發揮出她經過一個多月練習的所有實力，連在後台看著她表演的黑貓都微微的有點驚訝。沒想到只不過是稍加打磨，粗礪的原石已初見光芒，這女孩就如破蛹而出的蝴蝶一般，展現出她幻麗多彩的翅膀，將要起飛。

看來我的確是有點低估了她呢……黑貓不禁有點吃驚，一直以來陪伴在她身旁的自己也算是見證著她的努力，平時練習的時候已經聽過她無數次唱著同一首歌，沒想到只因站到了真正的舞台上，她竟能演繹得如此的動人心魄，之前一直說她沒有音樂才能的自己，恐怕才是沒有發現這女孩身上所隱藏著的巨大潛能吧。

音樂比賽依然持續進行。天上的白雲靜靜的停駐在藍天的一角，彷彿也在痴痴旁聽著孩子們縱聲歌唱的這場音樂會，不願離去。

因為初賽的選手比較多，所以大會採取分場比賽，而初曉這場已經是最後的一場了，賽果將在三天後向各校統一公布。

在結束比賽回家的路上，初曉還沉浸在剛才的演唱情緒中，無法抽離。

高興的哼著歌，初曉一直不停的詢問黑貓剛才自己的表現如何。

「你覺得我有沒有機會進入決賽呢？」初曉目光熱切，但她隨即又回憶起剛才的大賽說：「不過大家都唱得好好喔，這個比賽真是讓我學到了不少東西呢。」

「嗯。」如果是以前，黑貓一定會吐槽初曉就憑妳也想通過銀星歌唱大賽，那是做夢吧。但是現在牠也有點懷疑，這個「夢」說不定有點趨向於現實化的可能了。

初曉也不在意黑貓的回答，她還是哼著調子腳步輕快的邊走邊跳。

「妳在哼那什麼歌啊？」黑貓從剛才就一直留意初曉在哼一首古怪的歌了，她哼的調子也不是黑貓所熟悉的任何一首曲子，更不是剛才用來比賽的歌，感覺只是一堆亂串起來的音符，卻又有點難以言喻的和諧。

「沒有啊，我隨便亂哼的。」初曉回過神來，回答說：「不好聽嗎？我覺得還滿有趣的呢。」

亂哼的……黑貓歪了歪頭，牠說：「也不是不好聽，這調子很有趣，說不定修改一下就可以寫成一首很有特色的歌曲呢。」

「咦？」初曉完全沒料到黑貓不但沒有否定她，居然還說她哼的調子能成為一首歌曲？

「你是說真的嗎？」初曉完全不敢相信，她對天嚷嚷道：「我果然是音樂天才呀，原來我也是會創作曲子的！」

「這離創作還遠得很，先給我去弄清楚樂譜怎麼寫再說。」

「有你在嘛，你幫我寫出來就好了。」

「這次我一定要收費。」

「又收？上次的貓糧你都還沒吃完。」

「誰要吃那種東西！」

初曉一邊哈哈的大笑著，一邊和黑貓走向回家的路。

三天之後，千都學園——

初曉在晨會過後就被召到了教職員辦公室，訓導主嚴肅的對初曉說：「明初曉同學，關於上個星期的補習，為什麼妳一直都缺席？」

「呃？」初曉呆了一下，真是糟糕，原本還以為那件事隨便糊弄一下小林就行，沒想到最後居然被訓導主任發現了。

「妳上次的測驗明明不及格，難得這次學生會推出了這麼有針對性的補習活動，妳居然不參加，妳知不知道自己浪費了一個珍貴的機會？」訓導主任說。

說到補習的話，其實她隨時都有在補啊……初曉心裡想著，基於自己的身邊就有一個聰明的傢伙在，而這個聰明的傢伙又總是看不過眼她那爛得不能再爛的學習水平，幾乎天天在她耳邊大呼小叫的把公式定理全朝她腦子裡硬塞。

「其實我也有一個私人的老師。」初曉不太好意思的說。

「哦？」訓導主任聽了也有點意外，他說：「原來妳請了家庭教師啊，就算是這樣，妳缺席也是要先向我報告才行，不能無視學校的規定，知道嗎？」

「是……」初曉只好低頭認錯。

「算了，聽說妳最近也忙著練歌，是要參加銀星的音樂大賽是吧。看在妳能進入決賽候選，這次就放過妳吧。」訓導主任朝初曉擺了擺手，示意她可以回去了。

但初曉卻一點離開的意思也沒有，相反的她還激動的衝上前去問訓導主任：「主任你剛才說什麼？你說我進入了決賽候選嗎？！」

「咦？妳還不知道嗎？今天剛送來的名單，妳的名字排在第十六位，雖然名次一般，但能進入決賽也算是厲害了。」訓導主任說。

「哇啊～～！！」

初曉尖叫著衝出了教職員辦公室，一路大叫著衝回教室，害訓導主任追在後面罵：「明初曉不得在學校的走廊上喧譁！」

初曉像中了彩券一樣興奮，她衝進教室的第一件事就是跑回座位，朝一直在窗邊的黑貓報告：「我入選了！我入選了！我入選了啊啊啊啊啊！」

在一旁的麗月看著初曉對著自家的寵物激動的報喜，一臉的不解：「初曉，妳說妳入選了什麼啊？」

「我入選了銀星歌唱大賽最終決賽了！」初曉高興的對麗月說。

「哇，恭喜妳了！」麗月也替初曉開心。

「真的假的？」在教室一角的暗黑女子四人組，聽到了初曉的嚷嚷也立即圍了過來。

「婷婷！小玲！妳們成績怎麼樣？」小瑛立即轉頭問身後的兩個同伴。

「還不知道……我們去問問音樂老師。」

兩人聽說結果已經出來，立即朝音樂教員室飛奔而去。

十分鐘後，兩人垂頭喪氣的回來了，看她們的表情小瑛大概也猜到了結果。

「千都學園只有兩個選手入選了銀星歌唱大賽最終決賽，一個是三年四班的汐霞，另一個就是……」婷婷的眼光在初曉身上溜了一圈，有點說不出口。

大家都詭異的望向初曉。三年四班的汐霞是青少年校際歌唱比賽獨唱代表，她能入選誰也不會感到意外，但是眼前的這一位——大家前看後看，左看右看，來回再看，都看不出明初曉身上哪裡有一點跟音樂有關的情報。

為什麼這樣的人居然會入選啊？！大家都想質問蒼天，這世界實在有太多不可解釋的事件了，初曉入選銀星決賽的真相就像百慕達三角洲的異空間一樣神秘。

但是眼看著對手已經甩離自己幾條街，暗黑女子四人組也實在想不出什麼狠招了，她們各自對明初曉的入選表示了一下嗤之以鼻後，就散去了。

「我真是太幸福了！我現在還不敢相信這是真的。」初曉托著臉，開心得眼睛都瞇成了一條線。

「看來妳的運氣真的不錯。」黑貓對初曉說。

「這句祝詞很不中聽，換一個！」初曉指著黑貓要求。

「不曉得某人知不知道這個消息？」黑貓說。

「某人是誰？」初曉歪頭。

「就是某個同樣看重妳運氣的人。」

初曉一拍手掌說：「對呀，找他去！我要當面把我進入決賽的消息告訴那個傢伙！」

麗月好奇的問：「那傢伙是誰？」

「學生會會長！」這樣說著的時候，初曉已經一溜煙的跑出教室。

「看來交往得很順利嘛……我還以為妳不到一個星期就會被甩的。」麗月完全誤會了。

初曉並沒有跑到西教學樓就已經找到她要找的人了。

此時的諾雨海正從西教學樓的大門往外走，穿過了大樓的後庭。到初曉追上去的時候，他人都已經快走到學園的林蔭小道去了。

「前面的那個冒牌貨，給我站住！」初曉大喊了一聲，三步併作兩步的追了上去。

諾雨海聽到初曉的聲音，倒是停了下來，他剛轉過頭來，就看到初曉來勢洶洶的殺到面前。

「跑這麼急，被狗追嗎？」諾雨海奇怪的問。

「你才被狗追。」初曉呸了一聲，連忙說出主題：「我來找你，是要告訴你一個消息，我已經成功通過了銀星的初賽，可以參加決賽了！」

「哦？」諾雨海挑了挑眉，不解的說：「這關我什麼事呢？妳大老遠來找我，就是想聽我跟妳說聲恭喜？」

「喂……」初曉皺了皺眉說：「你忘記自己當初的承諾了嗎？」

「我有承諾過妳什麼？」諾雨海假裝回憶著。

「你說過如果我能通過初賽就告訴我原因的！你想要賴？」初曉指著他。

「嘖。」諾雨海撇了撇嘴說：「妳不是年度差生代表嗎？據說妳連完整的公式都記不住一條，怎麼這種事倒記得這麼清楚。」

「這到底是稱讚還是抵毀我聽不懂啊混蛋！」

「這怎麼聽也不可能是稱讚吧笨蛋！」

黑貓一臉黑線的看這兩個在罵口水戰，完全沒有開展正題的意思。

「就算你不說，別以為我就不知道！」初曉豁出去了，她從身上摸出一張照片，亮出手來道：「你的秘密早就被我們發現了。」

諾雨海看了看初曉手上的那張雙胞胎嬰兒照，一臉不在乎，「這不過是一張照片而已。」

「你不是諾雲生，你是諾雨海，我沒有說錯吧？」初曉自信的道。

這一點諾雨海倒不否認。

初曉繼續說道：「你們是雙胞胎，所以你們才會長得這麼像！」

「廢話。」

「但是，你為什麼卻要對自己的雙胞胎兄弟下毒手呢？我想來想去，只有一個可能性，就是你一出生就被惡魔收買了，被洗腦成了惡魔的門徒！沒錯，很多文學作品都告訴我們黑貓就是邪惡的象徵，所以你的魔法只能把對方變成黑貓，你一定是接受了地獄使者的任務，所以連親情也不顧了。」

「誰被惡魔收買了？別隨便篡改別人的人生。」諾雨海還以為明初曉會推理出什麼不得了的結果出來，沒想到那不過是她腦裡的黑暗童話串燒而已。

「原來我是邪惡的象徵嗎？」黑貓也聽得一臉不爽，瞪著初曉。

「唉呀，這個時候先別內鬨。」初曉對黑貓擺了擺手。

「諾雨海，我只是想知道，如果你真的是我的雙胞胎兄弟，為什麼我從來沒有見過你？」黑貓也不指望初曉能從諾雨海的口中問出什麼來，乾脆自己問還比較快。

聽到黑貓的話，諾雨海的表情變了一變。

果然，在面對著黑貓時，諾雨海的態度和面對著初曉時所表現出來的完全不一樣。

對著初曉，諾雨海永遠是一副滿不在乎、耍著她玩的輕佻態度，但是面對著黑貓時，他就會下意識的認真嚴肅起來——與其說是嚴肅，還不如說是冷淡，那種疏離的冷淡中完全體現不出絲毫顧念兩人是兄弟的情感，相反的，諾雨海的眼中還隱約帶著一股深沉的恨意。

「你當然沒有見過我。至今為止，如果不是我坦然的出現在你的面前，你甚至連有我的存在也不會知道吧。」諾雨海對黑貓說。

「的確是這樣。」黑貓回想了一下，卻有一點不懂的地方，牠問道：「但是你卻知道有我，為什麼？」

「你問我為什麼？你居然問我為什麼……」諾雨海一副受不了的表情，他撫著前額低低的笑出聲來。「因為諾家自古就流傳著一個未經證實的詛咒，如果家族裡出現雙生子，就會帶來滅頂的惡運之災，你難道從來沒有聽說過嗎？」

黑貓訝然，這個傳說牠確實聽過，但那只是小時候在族書裡看到的而已，當時的牠不過把這當故事一般看過就算了，誰會相信這種毫無根據的事情呢？

但是，眼前這一個與自己有著相同樣貌的兄弟，卻用一種近乎責備的語氣對牠說出這樣一番話，黑貓只是隱約的察覺到事情並不是那麼的簡單，而身為雙生子之一的諾雨海，在自己所不知道的情況下，他所背負著的又是什麼呢？

「你知道嗎？就因為你比我早出生十五分鐘，所以就決定了我的命運。」諾雨海冷冷的對著黑貓說。

「原來你是哥哥啊？」初曉看著黑貓。

諾雨海看了初曉一眼，繼續說了下去：「沒錯，身為長子，就有繼承家族的義務。因為早了十五分鐘，你就成為了諾家的整個重心一般被呵護著。而代表著會帶來災難的我，就算毫不留情的拋棄了也無所謂，就是這麼一回事。」

「被拋棄？那是什麼意思？這麼多年來，你都在哪裡？」黑貓緊緊的皺著眉頭，這種事情牠還是今天第一次聽到，牠急於想知道關於諾雨海的一切。

「因為是長子，你被允許住在本家裡，被當成寶貝一樣眾星拱月，誰都不會否定你的地位，你甚至不知道在你龐大的陰影下面還有一個無法見光的弟弟吧！我不能擁有和你一樣的待遇，哪怕我自問自己沒有哪一點比不上你！」

「你一直住在茉莉阿姨家裡吧？」黑貓回想起之前跟蹤諾雨海到過他真正住的地方。

「茉莉阿姨是誰？」初曉問。

「是我媽媽那邊的親戚，和諾家關係非常好的一個親友。」黑貓說。

「親友？親友再好也比不上父母。但是，我的父母卻視我如敝屣隨手就扔，你能理解我的感受嗎？把我放養在親友家就算是盡了義務，一年來看望個幾次，當我是被寄存的貓狗嗎？你知道每次看到他們我都多麼想大聲的質問，為什麼？為什麼因為那十五分鐘我就必須受到這樣的對待？我不明白！你在家裡享受著所有人的關愛的時候，我就只能隔著冰冷的窗戶等待那不知何時降臨的恩澤！為什麼就因為我遲出生十五分鐘我的命就比你賤？！你憑什麼過得比我幸福？你憑什麼過得比我快樂？難道我就不是諾家的孩子嗎？難道因為我的出生就給大家帶來了詛咒？既然你們這麼怕被詛咒，那麼好啊，我就來詛咒你們！」

諾雨海一口氣把積壓多年的怨怒傾倒了出來，他指著黑貓說：「我第一個要詛咒的就是你！諾家的惡運就從你開始如何？當貓的滋味好不好受呢？就像寵物一樣，為了討得別人的一點歡心而努力，也不見得有人會對你施捨一點關注的感覺如何？你體會到了嗎？你體會到我的恨了嗎？！」

「你這是遷怒！」初曉指著諾雨海說：「你哥哥自始至終也沒對你幹過什麼對不起你的事

吧?他根本不知道自己有個弟弟，若是他知道的話，我相信他一定會去找你的。」

「妳閉嘴。」諾雨海瞪了初曉一眼，說:「他根本不知道有我這個弟弟，當然了，他怎麼可能會知道呢?被大家捧在手上的他怎麼可能會知道還有人在不甘的覬覦著他的幸福?他所得到的一切那麼的理所當然，我常常在想，如果早出生的那個是我，哪怕只有一分鐘，我們之間的命運就會完全對調過來，不是嗎?」

「我只是把這個願望實現了。我要你消失，諾雲生。」諾雨海冷冷的站在那裡，眼神險峻的對著黑貓說:「從你變成了貓的那一天開始，我就是諾雲生，我就是你!你所擁有的一切都將屬於我，我要取回這麼多年我所失去的，我要徹底取代你!」

「現在，你都明白了吧。」諾雨海看著初曉和黑貓說:「我都有好好解釋清楚了哦，以後別再來煩我。」

說完這句之後就轉頭走掉的諾雨海，一點也不留戀自己的這個哥哥。從出生就沒有在一起生活過，兩人之間的感情連陌生的同學關係也比不上，更別說親情了。

「他不就是一個瘋子嗎?」初曉望著諾雨海堅定的背景，喃喃的跟黑貓說道。

黑貓沒有回答，牠的心情相當複雜，沒有任何言語能讓牠表達出此時的內心是怎樣的一場混亂。

但是，初曉和黑貓都知道，能解開黑貓身上「詛咒」的關鍵，就在諾雨海的身上。但他又怎麼可能輕易會交出解開魔法的方法呢？以目前的情況看來，他對黑貓的恨意是無法靠三言兩語就和解得了，與諾雨海為敵的話，初曉和黑貓也不知道勝算有多少。

一人一貓憂鬱的站在千都學園的林蔭道上，望著諾雨海消失的方向發呆。

「事情似乎越來越難搞了。不過唯一慶幸的是，至少知道黑魔法的來源，也算是有個努力的方向。」初曉對黑貓說，她也不知道這能不能算得上是安慰。

「我真沒想到自己還有個雙胞胎弟弟。」黑貓語氣幽幽，也看不出是喜是哀。「也沒想到他這麼恨我。我不知道他過的是什麼樣的一種生活，但是他似乎單方面的認定了我過得比他幸福……其實剛才，他在說如果早出生的那個是他，哪怕只有一分鐘，我們之間的命運就會完全對調過來，我居然有一瞬間想肯定他。」

「為什麼？」初曉在旁邊的觀光木椅上坐了下來。

「茉莉阿姨是個很親切的長輩，她一直想要孩子卻因為身體原因沒能如願。而相比起我家裡長年沒有人在的冰冷感覺，我覺得成為茉莉阿姨家的孩子或許會比較幸福。」黑貓抬頭望著天空，似乎在幻想著什麼。

「你們真是奇怪，他想成為你，你卻想成為他，早知道是這樣，大家協議一下不就好了嘛……」初曉咕噥道。

「哪有這麼簡單。」黑貓苦笑。

「如果能找到那本魔法書缺掉的頁數就好了，製成原理和解藥一定都有寫吧？」初曉說。她順便猜測了一下：「你說會不會這幾頁就被諾雨海藏在你家的某個角落裡呢？」

「那之後我有試過偷偷回去再找，能找的地方全都找過了，但都沒有找到。我相信那重要的幾頁不會放在家裡。」黑貓說。

那裡是他的家，如果連他也找不到的話，那應該就是沒有了。

初曉聽牠這樣說，也相信諾雨海應該不會把重要的那幾頁放在一個他們隨便就可以闖進去的地方。

「如果他是把書頁藏在茉莉阿姨家呢？」初曉又問。

「雖然不排除這個可能性，但是以雨海的性格，他這個人非常多疑，應該不會把重要的東西放在離他這麼遠的地方。」黑貓說。

「那會不會他都隨身帶著？」

「這麼重要的東西隨身攜帶的話，得承擔一定的風險，我不認為他會這麼輕率。」

「那他還可以把東西藏在哪裡呢？這個地方要安全，又是他控制的範圍之內，還得有效的妨礙普通人的發現，很難找啊。」初曉撓頭了。

「這樣的一個地方，不就明擺著有一個嗎？」黑貓看著初曉道。

「你是說——學生會室？！」初曉眼前一亮。

黑貓點了點頭，說：「學生會室是不接待一般學生的，如果要進入需要提交申請，還得排期約見，手續非常繁複。所以大家都只會在信箱留下申請表，寫下請求處理的事務，很少人真正進入過學生會室裡面，除了學生會成員本身。而且，學生會會長有只屬於自己的額外資料室，那裡相當於是他私人的辦公室，裡面就更安全、更嚴密了。」

「你是說，雨海會把那重要的幾頁也放在了那個資料室裡？」初曉點了點頭。一旦得到提示，她就充滿幹勁了。「那還等什麼？我們就殺上去學生會室來個極地大反攻吧！」

「妳也不是沒去過學生會室，妳認為妳有能力硬闖進去嗎？」黑貓問。

「咦……好像沒有。」

初曉還記得當初她去學生會室拍門的時候，接待她的人是小林，連小林這麼文弱的一個學生會成員她都沒有信心能成功推倒，更別說是硬闖進去了。上次自己踢壞了學生會室的大門，也不過是看到了接待室而已，誰知道再裡面是什麼龍潭虎穴啊？萬一她好不容易搞定了小林，衝進去後卻面對著幾十把對著自己的機關槍，那可怎麼辦？

「學生會又不是黑社會，沒有妳想得這麼誇張。」黑貓鄙視初曉的想像力。

「那我們要怎麼樣才能成功溜進去呢？」初曉問黑貓。

「堂堂正正的走進去。」

「可以嗎?上次我去學生會的時候你也看到了吧，我們怎麼可能堂堂正正的通過啊，你是打算把學生會的人都弄瞎了還是怎麼樣?」

「雖然雨海冒充我成為了學生會的會長，但是妳別忘了，學生會會長還有一個，就是我。」

「誰也不會承認一隻貓會是他們的會長的。」

「一隻貓當然不能，但是，只要不是貓時就可以。」

初曉靈機一觸，對了，她怎麼沒想到這一點呢?諾雲生是有短暫變成人類的時間的，只要把握好那一段時間，不就可以「堂堂正正」的進入學生會了嗎?因為他本來就是會長啊!

「就這麼辦吧。」

初曉從椅子上跳起來，她指著黑貓說：「別浪費時間了，快點變身!」

黑貓也跳了起來，擺了個POSE大叫一聲：「變——身——!!」

一陣冷風吹過，黑貓還是黑貓，根本一點變化也沒有。

黑貓淡定的走在前面，說：「笨蛋。又不是超人，哪有說變就變的。」

「你自己還不是玩得這麼起勁。」初曉跟著黑貓走回自己的教學樓。

但是，因為黑貓的變化時間並沒有人能估計得到，就連黑貓自己也無法掌握這其中的規律，現在初曉和黑貓唯一可以做的事情就只有等待了。

而與此同時，初曉因為意外的通過了銀星的音樂初賽，接下來的她也開始緊鑼密鼓的進入到下一輪的決賽練習中。

由於初曉能通過銀星初賽是誰也沒有預料到的事情，學校意外的重視起來，而且作為千都學園僅有的兩名進入決賽的選手種子之一，即使初曉原本並不被看好，現在情況也來了個一百八十度大翻轉，初曉成為重點培訓的對象。

現在的初曉，和另一位同時進入決賽的選手汐霞，兩人可獨得新教學樓最大的音樂室作練習基地，並且由音樂老師貼身指導，為二人打造私人的訓練計畫。

「初曉同學，妳決定好決賽要用什麼曲目參賽了沒有？」音樂老師比較關心這個問題。

「嗯。這次也用原創歌曲吧。」

初曉單手高舉，高興的說：「這次詞和曲都是由我創作的喔！我的夢想就是能讓大家聽到我的歌，我要創作一首讓大家都會感受到溫暖和快樂的作品。」

「哦……初曉同學，妳要自己創作嗎？」老師的笑容似乎有點不太自然。作為初曉的音樂老師，她當然知道初曉的音樂水平有多少，據她的判斷，初曉別說創作了，她可是連現成的樂譜都看不懂。

「但是這麼難得進入銀星歌唱大賽的決賽階段，太過輕率就下決定……似乎不太妥當，雖然說妳上次也是因為原創而爭取到高分數，不過比賽並不是一如既往用同樣的手法就可以獲得好成績的，如果妳真的想唱原創歌曲的話，要不要考慮叫上次幫妳的朋友再創作一首曲子什麼的比較好？」老師不無委婉的勸說初曉。

「不需要！我這次已經決定了，就唱自己創作的歌曲，我連名字都已經想好了喔，就叫《初曉之歌》！」

初曉的話把音樂老師最後的希望都打沉了。

「啊……那好吧。」音樂老師悲痛的答應著，一邊想著這麼好的一個種子選手就這樣毀了，真是有點可惜。原本初曉能衝進決賽就是有點出乎大家的意料，音樂老師還幻想著再看到一次奇蹟的發生，不過照目前看來，希望相當渺茫。

因為初曉一心要搞「原創」，但目前歌曲還沒弄出來，所以眼下的練習一直以提升基本功為主，不過有音樂老師的專業指導，初曉感覺到了跟以往只有自己一人練習時完全不同的明顯效果，進步那是刷刷的快。

新教學樓的大音樂室在四樓，基本超過二樓的地方黑貓就沒辦法跟著去了，因為牠只能出沒在有窗戶的低層教室之間。現在初曉去練歌的時間，黑貓就只有在學園別處閒逛，或者爭取時間去打探一下學生會的動靜，等初曉練完歌後再一起回家。

「看來我搞不好真有當歌星的天分哦。」初曉在晚上回家的時候這樣跟黑貓說。

「這話我已經聽過無數次了。」黑貓說。

「對了，我已經跟老師說了，這次的決賽要用我上次創作的那首曲子來參賽，你趕緊幫我把樂譜寫出來吧。」初曉興奮的說。

「嗯。妳再哼一次給我聽聽。」黑貓說。

「咦……還要再哼一次，那次你沒有聽清楚嗎？」初曉歪頭。

「只聽過一次怎麼可能會記得全部？妳還真當我是隻會錄音的雞嗎？」黑貓用初曉曾經開過的玩笑取笑她。

初曉努力想哼來著，但是她把頭歪完左邊再歪右邊，低頭苦思再仰頭冥想，再度睜開眼睛的時候，她非常乾脆的一拍手掌說：「怎麼辦，完全忘記了！」

「這真是一個不幸的消息。不過很快就會有更不幸的消息讓妳忘記這個微不足道的打擊。」黑貓捂著鼻子望著初曉。

「為什麼？」初曉問。

「妳踩到狗大便了。」黑貓回答。

「哇啊！」初曉立即跳起來，拚命在路上磨鞋，她說：「今天走的是什麼衰運，一定是諾雨海的詛咒傳到我的身上來了啦！」

「是啊是啊，諾雨海的詛咒真強大。」黑貓佩服的說。

明明就是自己走路不看路，居然還可以找到推託的對象，黑貓佩服的人不是諾雨海而是明初曉才對。

初曉和黑貓一如往常的邊打鬧著邊回家，但這一人一貓並不知道，明天迎接他們的將是什麼樣的新挑戰。

而在此時，學生會的陰謀也開始悄然的啟動了。

MIAOW 10

陰謀啟動

今天天朗氣清，萬里無雲，風和日麗，秋高氣爽，心曠神怡……用了這麼多形容詞來形容天氣真是好得不行了，有早起的小鳥在枝頭歡快的鳴唱著早安之曲，初曉秉持著初賽時的充足氣勢，繼續天天六點就爬起床練歌。

黑貓早就習慣了在初曉的歌聲中睜開眼睛，以前是黑貓負責監督賴床的初曉讓她別睡懶覺，現在反倒是每天由初曉準時讓黑貓從睡夢中醒來了。

不過從初曉的歌聲中，黑貓倒是訝然於她的進步速度，每天都在起著變化，似乎每天醒來的初曉，都已蛻變成全新的另一個她一般。

「咦？你醒啦，快來聽聽我的新歌。」初曉看到黑貓已經醒來後，立即跳到牠的面前獻唱，她哼了一段曲子給黑貓聽，然後一臉期待的問：「怎麼樣？」

「不怎麼樣。」黑貓說。

「啊……這個不好嗎？那我再哼一段給你聽。」初曉換了個調子，又重新哼了一段，再問黑貓：「這個又如何？」

黑貓動了動耳朵，沒有發表任何評論。

「喔……那我再哼新的給你聽，一定有不錯的曲子的。」

可能是看出黑貓對她剛才哼的曲子不太滿意，初曉又哼了新的曲子，每哼一段她就問一遍黑貓如何，一直快哼了十多首後，黑貓突然打斷她說：「妳怎麼會有這麼多曲子？」

「我剛剛想出來的。之前那個我不是忘記了嘛，我就想乾脆創作個新的好了。」初曉說。

黑貓聽到初曉的話，也不禁正身坐起。牠看著初曉，不可思議的說：「之前的全是妳剛想的嗎？」

「嗯。」初曉迷糊的回答著，她的腦子裡又再度忙於編寫新的曲子了，誰叫她哼的黑貓都不滿意呢。如果連牠都不通過的話，就更別妄圖讓評審們通過了，這點初曉倒是很有自知之明。

但是黑貓卻瞪著眼睛像看怪物一樣的看著初曉，她是數十分鐘內就瞬間從腦子裡創造出音符哼出曲調來嗎……雖然說那些曲子的旋律都不怎麼樣，但是卻並不是胡亂拼湊的無意義音符，是完全有起承轉合的完整曲段啊！

黑貓看著初曉，有點說不出話來，莫非牠一直以來都看錯了嗎？眼前的這個少女真的有著牠所不知道的才能，有著強大的音樂天賦？

「哇，都已經這個時間了，得趕緊去學校，不然就遲到了。」初曉原本還在努力想新曲子，不小心瞅了一眼旁邊的鬧鐘，立即嚇得抓起書包就奔出房門。

黑貓和初曉幾乎是在最後一刻趕到了學校。

初曉趕快跑到自己的教室，上課鈴剛好打響。

「幸好趕得上。」初曉拍了拍胸口舒出一口氣。

「初曉，妳今天怎麼這麼遲呀，妳有沒有聽說學校裡流傳的那個最新的小道消息？」麗月作為初曉的忠實情報員，她又給消息不靈通的初曉報信來了。

「什麼小道消息？」初曉雖然對這些校園裡不時發生的小八卦不太關心，不過她還是這樣問麗月。

「是關於學生會制訂的最新學園管理方案呀，今天早上大家一直都在討論這件事，可惜妳又這麼遲來，大家還想說問一下妳情況如何呢。」麗月說。

「學生會？」初曉一聽到學生會這三個字就來了精神，他們會有什麼大舉動那十有八九是衝著她來的，肯定又是什麼陰險計畫。上次是使手段沒收了她的練習基地，還弄出個什麼「以優帶差」的課後補習會來擠占她的練歌時間，這次難道直接想讓她退出決賽不成？

「不過為什麼大家想問我情況？我也完全不知道現在是什麼情況。」初曉對麗月說。「他們這次又想搞什麼？」

「妳不是和學生會很熟嗎？我還以為妳早就知道了。」麗月驚訝。

「說很熟的話……也是很熟，沒差啦。」這該怎麼解釋呢，初曉不知道和諾雨海那種互相對敵的立場算不算是「很熟」，不過對敵人有深入了解的初曉認為這之間的關係也確實可以稱為非一般的認知。

「初曉妳經常帶著自己家裡的寵物來學校吧，但是最近學生會下了個新規定，為了整治千都學園的新風氣，學校要進行大清掃，不允許在校內的任何地方飼養動物，包括爬行類動物、家禽、兔子還有貓貓狗狗什麼的，一經發現，要立即上報處理呢。」麗月說。

「這是真的嗎？」初曉沒想到這次學生會要針對的人居然不是她，而是黑貓啊！

「妳這段時間最好還是別把妳家的小貓帶來學校吧，不然被誤傷了就不好了。」麗月好意的提醒初曉。

這麼說起來，黑貓在哪裡？初曉下意識的回頭看了看窗邊，黑貓並不在那裡。

換作平時，這個時間黑貓早就會自外面的樹叢中跳出，直接躍到她的窗邊陪著一起聽課了，但是為什麼今天牠卻遲遲沒有出現呢？

學生會那幫人的行動該不會這麼快吧？初曉冒出各種不祥的念頭，要是他們早有準備，就是要下這個圈套給黑貓踩進去的話，那小黑貓再聰明也不一定能躲得過去。更何況對方的陣營中還有一個知道黑貓背景的可怕敵人諾雨海，諾雨海可不比暗黑女子四人組，有他在的話，要布置一個完全能套到黑貓的陷阱那可是輕而易舉的事情。

「糟糕，上當了。難道已經太遲了嗎？！」初曉一拍桌子，就朝教室外衝了出去。

「初曉，馬上就要上課了妳還要去哪……」麗月怎麼覺得最近自己老是發出相似的疑問。

初曉已經顧不上向麗月解釋了，在她得知學生會打算要抓黑貓的那一刻開始，她就猜到了諾雨海的企圖，他是真的打算讓黑貓徹底從這世上消失啊！

這可怕的念頭在初曉的腦中閃過，她絕對不能讓諾雨海抓到黑貓，不然一切就都要完蛋了，那個瘋子會做出什麼來真是不可預想，初曉第一次感覺到恐懼，而且這恐懼還關係著諾雲生的安危。

「諾雲生！諾雲生！你在哪裡？」初曉一邊在校內跑著一邊大叫著。這時她已經顧及不了那麼多了，直接就呼喊著諾雲生的名字。

可是初曉一直沿著平時黑貓最有可能出沒的路線一路尋找過去，還是沒能發現牠的蹤跡，初曉越發的焦急起來，更加大聲的呼叫著諾雲生。這時，一個原本在遠處上體育課的學生正好走過來撿丟遠了的球，聽到初曉的叫聲，他好心的告訴她：「妳找學生會會長嗎？剛才我有看到他和學生會的人去了那邊。」

那個學生給初曉指了一個方向，初曉謝過對方之後，連忙朝他所指的操場後方飛跑過去。遠遠的，初曉就看到了前面學生會的人浩浩蕩蕩的結隊在一起，一邊拿工具撩撥著旁邊的樹叢，一邊朝前走著。

「前面學生會的，給我站住！」初曉一鼓作氣就衝了上去。

學生會的眾人聽到後面有人在叫，都不禁停下了腳步，轉過頭來疑惑的看著這個朝他們直衝過來的女生。

站在最末的就是現任學生會會長——諾雨海，他似乎對於初曉的出現一點也不稀奇，不過他卻並未因此而對初曉有絲毫的客氣。

對著怒視著自己的初曉，雨海挑釁的問：「妳來幹嘛？」

「把黑貓還給我！」初曉朝他伸手。

學生會其他人都相互看了一眼，原來這個女生是來找回自己的寵物的啊？因為學園大清掃是從今天一早就開始的，現在學生會的人已經清掃出不少流竄在學校各處的一些動物，剛才就已經逮到了三隻兔子、四隻貓、兩隻小狗、一隻烏龜，還有一群不知誰養在後庭裡的鴨子……

「我們的確有捉到幾隻貓，不過都已經確定是經常流浪在校園附近的野貓而已，妳要找妳家的黑貓，恐怕找錯地方了吧。」諾雨海根本不打算理會初曉，一揚手，學生會各成員再度回到自己的工作中，埋頭繼續搜尋漏網的動物，把牠們一舉清掃出千都學園。

「你騙得了別人騙不過我！」初曉並不相信諾雨海的話，她直接就撲向諾雨海，要搶奪學生會成員手中提著的籠子。

諾雨海當然不會讓初曉如願，他擋在眾人面前，一下子就把初曉攔了下來。

「妳是要來搗亂的嗎？妳再鬧下去的話，可別怪我們對妳做出處分了。」諾雨海對初曉說。

「你要處分我？你有什麼權力處分我？！」初曉朝他大叫。

「就憑我是學生會會長。」諾雨海對初曉的叫罵毫不動容，他說：「妳該不會不知道吧？學生會是擁有學生管理的最高權力。」

「這個時間妳本來就應該在教室裡上課，妳無視紀律逃課在前此為罪狀一。妳還特意跑來這裡大吵大鬧試圖搗亂，妨礙學生會執行公務是為罪狀二。風紀委員長！」諾雨海轉頭高聲叫道。

「在。」一個胸前別有特別徽章的男生站出前列。

諾雨海指著初曉對他說：「二年三班明初曉，因無視紀律敗壞校風，逃課扣三分，干擾學生會公務扣五分，她還有多少分可以扣？」

「報告會長，學生日常行為操行分數為十分，扣掉八分後明初曉同學剩下兩分。」風紀委員長報告道。

「明初曉同學，妳也聽到了？」諾雨海微笑的對初曉說：「妳現在只剩下兩分了，如果妳堅持在這裡搗亂的話，我可以用『屢教不善，執迷不悟』的罪名把妳僅剩的兩分也扣光喔。」

「你以為這樣就可以嚇退我嗎？那些什麼操行分你愛扣就全扣掉好了，我才不在乎！」初曉對他吼道。別以為耍這些官腔她明初曉就怕了，她可是學校裡出名的魔鬼學生，連訓導主任都沒有怕過！

「喲，真是好有膽色。」諾雨海不禁要為初曉鼓掌了。他說：「我也知道千都學園裡有個出名的學生，從不交功課、成績超爛、以挑戰學校老師忍耐極限而聞名於校的，該不會就是指妳吧？」

「……」

初曉沒有回答，諾雨海卻笑咪咪的接著說下了去：「不過這樣好嗎？如果妳的日常行為分數全被扣光了，可是要接受校方的警示性處分的，十分全被扣光的學生要被禁閉在家反省至少三天，當然我是可以私人額外給妳提到五天沒問題啦，這期間妳也不能來學校，如果我沒有記錯的話，妳是進入了那個什麼銀星歌唱大賽的決賽了吧，現在天天都可以在音樂室接受老師的私人指導不是嗎？如果不能來學校的話，這損失也真是很大呢。」

「你！卑鄙無恥下流沒人格！」初曉現在才知道諾雨海把她的分數全扣掉的真正用意何在，他根本就是要斷掉她的後路，他要把她和黑貓都完全擊敗才甘心啊！要是連她也被禁止來學校的話，那就更沒有人能奈何得了他了。

「下次罵人請準備點新詞好嗎？」諾雨海對於初曉毫無創新的精神感到失望，他說：「妳這樣會讓人覺得我這壞人角色塑造得不夠立體的。」

初曉真是氣死了，只覺得自己根本就是掉進了諾雨海為她而設的陷阱裡動彈不得。

但是初曉的脾氣也是出了名的直率，她根本不理會接下來這樣做會有什麼後果，一邊大叫著：「學生會是什麼鬼東西？不就是有學校撐腰的惡勢力而已嘛，我明初曉代表示千都學園全體學生跟你們拚了！」

原本以為初曉會因為受到「不能來學校就等於無法得到音樂指導」的恐嚇而卻步，但諾雨海完全沒料到初曉竟完全不顧慮自己的立場，相反她已經完全進入另一種鬥志全滿的戰鬥狀態中，在諾雨海還沒來得及發出指揮號令之前，初曉已經奮勇的朝他一撲，直直的把他推倒在地上了。

諾雨海失去平衡跌坐在地上，立即大叫道：「攔住她！」

學生會各人立即展開陣勢要攔截初曉，但是初曉左一腳右一拳，居然硬生生就擊出一條路來，她直衝到手提籠子的那幾個學生會成員的面前，雖然學生會的這幾位成員全是清一色的男生，但面對著靈敏得就像是個格鬥專家一般的明初曉他們也全無辦法，一個一個就這樣被眼前這個粗暴的女生打飛，倒在地上唉喲唉喲的叫喚不停。

初曉飛快的打開籠子的門栓，各個籠子裡的小動物跑的跑、跳的跳，一下子全部哄散出來，四處逃竄，學生會的人反應再快，也只來得及捉回一隻龜和數隻鴨子而已。

那些跑得快的動物早就不知溜到哪裡去了，而逃跑速度最快的莫過於貓，初曉只記得剛才自己放掉的動物裡面，好像沒有黑貓的身影，那麼牠難道還在諾雨海的手上？

「喂！你到底把黑貓藏到哪裡去了？快點給我交出來！」初曉只認定這又是諾雨海搞的鬼，第一個就上去跟他算帳。

這時諾雨海還坐在地上未來得及站起，初曉已經重新殺到，再一次把他推倒在地。

「初曉，我在這裡。」樹上傳來了一聲叫喚，現場眾人都只聽到疑似是貓的叫聲，只有初曉和雨海清楚的聽到這一聲而同時抬頭朝樹上望去。

「諾諾！」初曉驚喜的叫道。

「誰准妳這麼叫的！」諾雨海呼喝初曉。

「又不是在叫你！」初曉毫不客氣的在雨海頭上敲了一記。

「快點抓住樹上的那隻貓！其他的先不用管。」諾雨海指揮著學生會的成員，大家連忙圍捕黑貓去了。

「諾諾快逃！」初曉一邊阻撓著學生會的人去追黑貓，一邊朝樹上大叫著。

黑貓當然不會就在那裡等著別人來捉，牠伸出爪子一陣爬就又竄高了幾十米，下面的人就算手拿工具也根本沒法搆得上牠的高度。

「哈哈哈！」初曉一看就樂了，她把手搭在前額上，看著黑貓在高處大家卻沒奈何的樣子，她對諾雨海說：「這下你沒轍了吧。」

「哼。」諾雨海瞅了初曉一眼，說：「日子還長著呢。除非你們這輩子也別來學校。」

「哼。」初曉也學諾雨海哼了一聲，說：「那就走著瞧！」

「忘了告訴妳。」諾雨海在初曉轉身要走的時候不急不忙的補充道：「妳最後兩分也因為『襲擊』學生會會長——就是我，而扣光了。下午處分通知就會發到妳班導師手上，明天開始妳可以好好在家休息啦。」

初曉幾欲跌倒，她居然忘記了還有這一招。

諾雨海見今天也沒什麼辦法捉到黑貓了，揚了揚手就收隊帶著學生會的人走了。

黑貓在確定了所有危險已經解除之後，才下來和初曉會合。

「怎麼了？你們到底發生了什麼事？」黑貓問初曉。

「你還問我！都是因為你啦。」初曉跟黑貓抱怨。「我還以為你被那傢伙捉住了，剛才可是奮不顧身的要去救你耶！」

「今天一早我就發現到學校裡有些不尋常的陷阱，所以我躲了起來，後來就看到雨海和學生會的人在捉學校裡的動物，知道他們肯定是衝著我來的，我就跑了。沒想到居然看到妳和他起爭執，所以才過來看看妳有沒有事。」黑貓把今天的遭遇說了一遍。

「唉……早知道你沒被捉我就不用去攔他啊，這下還被罰禁閉了，不能來學校。」初曉這下才知道自己做了一堆無用功，搞到最後原來黑貓根本沒事，那她之前豈不是白送上門去被諾雨海耍嗎？

「妳被禁止來學校？」黑貓也沒料到初曉會因為牠而得到這種不公平待遇。

「誰稀罕來學校啊，不用上課就是我的最高理想！」初曉握拳朝前一揮。

不過黑貓知道她口裡雖然這樣說，但是心底裡還是有點小失落，不能來學校的話，那麼有老師指導的音樂訓練也等於是被迫停止了，而且也要和朋友們作短暫的分離，怎麼想都不是件令人愉快的事。

正如諾雨海所說的一般，下午來自訓導處的警告通知書就下達到初曉所在的班級上了，初曉因操行分被全部清扣完畢而被罰在家禁閉五天的消息不脛而走，現在整個年級乃至全校都聽聞了這榮獲本年度受罰第一人的初曉之事蹟。

而以初曉作為反面教材，大家也受到警示絕不敢亂違反校規了，在一定程度下，千都學園的校風創下了最長時間的良好紀錄。

「都是因為我妳才會受罰的，我會好好負起責任。」黑貓對初曉說。

「你要怎麼負責啊？」初曉並不抱什麼期待的問。

「妳在這一週內所缺的課就由我來負責給妳上。」黑貓堅定的道。

「這不是比來學校更慘嗎？」初曉一想起黑貓在學習上對她嚴厲的樣子就發怵，牠可是比訓導主任還可怕的魔鬼啊！

「妳有什麼不滿嗎？」黑貓已經擺出晚娘臉孔了。

「沒有……」初曉立即自覺縮小成不可抵抗的尺寸來。

於是，這漫長的一週就開始了。

唯一值得慶幸的是，這段時間家裡都沒有人，媽媽因和姐妹們約定要去旅行，在幾天前就已經出發了，估計還有幾天才能回來。而爸爸因公司突然派遣公務出差去了，估計要公幹到月底，初曉因而逃過了家長被學校通知自己被罰在家禁閉的事。

初曉被罰在家禁閉的這段時間，她的行程表可是比要上學還忙，早上照舊六點起床練習發聲，吃過早餐後，黑貓就像個私人家庭教師一般手執教鞭，給初曉安排著一整天的學習任務，初曉常常在昏昏欲睡做著習題的時候被黑貓無情的鞭子拉回現實，然後苦著臉哭訴——

「這題我不會做啦。」

「這題剛剛明明有講解過，妳到底有沒有認真在聽？」

「我不想唸書，我想練歌！」

「不唸完不准唱！」

「要是我比賽通不過絕對是因為你。」

「少廢話，給我繼續寫習題！」

在黑貓的高壓政策下，初曉好不容易完成了今天的量，累得趴倒在書桌前。

黑貓檢查了一遍初曉的作業，都確定她有好好做完，滿意的宣布今天學習結束。

「終於解放了……」初曉伸了伸懶腰，接著就來精神了，她高興的說：「那接下來就作曲吧！」

初曉早有準備，拿出錄音筆來，對黑貓炫耀道：「只要錄起來就不怕忘記了。聰明吧？」

「沒想到妳也懂得用高科技。」

「聽你的口氣好像我以前是個笨蛋一樣。」

「妳終於發現了嗎？」

「喂！」初曉生氣了。

黑貓已經從原本的位置上跳到地上，牠頭也不回的走出了初曉的房間說：「那妳就努力創作吧，有成績了再來找我。」

「咦，你不跟我一起創作？」初曉還以為黑貓會幫忙。

「妳不是誇下海口，這次決定要用自己的原創歌嗎？我只會負責幫妳把樂譜寫出來。」黑貓說。

「喔……」初曉倒也沒忘記自己當初的心情，既然如此，那就自己來好好幹一番吧。

初曉認真的構思著，腦子裡有無數的音符在跳動，在不停的組合，在飛舞著變成一首一首曲子。

初曉一邊哼哼，一邊慢慢的把心裡的旋律串起來。

黑貓獨自踱步到了客廳，跳到寬大的長沙發上，順利的找到電視機的遙控器，按下開關。挑選了個喜歡的頻道後，黑貓舒服的躺在沙發上，甩了甩尾巴，全神貫注的看電視。

兩個小時之後——

初曉緊閉的房間大門打開了，只見她垂頭喪氣的走了出來。

「唉……為什麼就是想不出滿意的曲子呢？」初曉邊說著邊朝客廳這端走來。

在看到黑貓正津津有味的盯著電視螢幕看，初曉不悅的說：「我可是很認真的在創作。」

「嗯，這又怎麼了？」黑貓隨口問道。

「但你卻在這裡悠哉的看電視。」

「這個節目很有趣。」黑貓指了指電視螢幕。

「既然是貓就給我有點貓的樣子！」初曉一把奪過遙控器。

「作不出曲子抓狂了嗎？」黑貓了解的看了初曉一眼。

「嗚嗚嗚……」初曉跪坐在地上把頭深深埋進沙發裡，一臉的頹喪。「我果然是沒有音樂天賦。」

「創作哪是這麼簡單的事。」黑貓坐了起來。

「我不行了……」初曉一臉要死的樣子，她可惜的對黑貓說：「還沒來得及盛放才華的歌壇新星，就此殞落。」

「有時間在這裡開無聊玩笑還不如去多想幾段曲子。」黑貓不知從哪裡弄來一張紙，推到初曉的鼻子底下。「給。」

初曉歪倒在沙發上的臉稍稍轉了下方向，看到了黑貓遞給她的紙上寫著一些樂譜，她不屑的說：「我不需要你幫我。」

「這不是我作的，是妳作的。」黑貓說。

「啊？」初曉這時才認真的坐正起來，依然保持著跪坐在地上的姿勢，拿起了沙發上的那張紙仔細看著。

「這是妳那天無意中哼出來的一段，我只記得這麼多了。後面的請妳自己補完。」

初曉對著紙上的樂譜試著哼了一下，果然是有點熟悉的旋律，雖然是自己創作出來的曲子，但此刻哼起來卻又有著一種陌生的新鮮感，她說：「好像變好聽了。」

「我在妳本身的旋律上做了些修正，伴奏方面也會加入一些新編排的東西，這樣就能讓曲子豐滿起來。」黑貓說。

「稍微加工就可以得到這樣的效果嗎？哇……能創作出原曲的我果然還是天才呢！」初曉的幹勁一下子又回到滿槽了。

「妳態度也變得太快了吧。」黑貓真是感嘆初曉那善變的表情。

「就一鼓作氣的完成它吧！」初曉拿著紙和筆，在樂譜上面寫畫起來，已經有了一點樂理知識的初曉，也終於開始踏出了自己寫簡易樂譜的第一步了。

當黑貓伏在沙發上都已經打起瞌睡的時候，初曉終於高舉雙手宣告勝利：「完成了！」

黑貓睜開惺忪的眼睛，初曉自信滿滿的把樂譜給黑貓看。

「快來看看我的大作！啊，還是我直接唱給你聽吧。」

初曉站在客廳中央，歡快的哼起自己剛剛新鮮出爐的作品。

黑貓認真的聽著。

在初曉結束了最後的一個音符之後，她熱切的問黑貓：「怎麼樣？你覺得如何？」

「嗯……」黑貓思考著要怎麼說。

「『嗯』是什麼意思？」初曉對黑貓模稜兩可的回答不滿。

黑貓看了初曉一眼，初曉因為黑貓的態度而產生自我懷疑，她拿起樂譜重新研究起來，喃喃著：「有哪裡不對嗎？我明明覺得還不錯啊……」

事實上，黑貓再一次驚訝於初曉對音樂觸角的敏感度，在聽到了曾是自己創作的熟悉旋律後，她居然可以毫無障礙的重拾當時的斷章，近乎無瑕的把創作靈感銜接起來，這讓黑貓不得不承認她的確擁有創作音樂的天分。

而且這曲子比當初創作時更有趣了，這無疑也激發了黑貓的創作欲望，牠躍到初曉的旁邊，也一起研究起那首目前尚未經加工的原曲，牠說：「這真是一首很特別的曲子，我有信心把它編排得更棒，一定會讓所有人都驚嘆於它的精彩的。」

「是吧是吧！我也這麼覺得！」

初曉得意忘形，這倒讓黑貓有點後悔過度稱讚她，這傢伙完全沒有一點謙虛的意識啊。

初曉和黑貓伏案討論著，雙方雖然時有爭辯，但隨著夜越漸深沉，又直到旭日東昇，初曉和黑貓終於完成這凝聚兩人心血結晶的偉大作品。

「雖然暫時還沒有填上詞，但是也沒有關係，我覺得這曲子一定能通過的。」初曉拿著重新騰寫過一遍的完整樂本，決定道：「今天就拿去給音樂老師看看吧。」

「不是不能去學校嗎？」黑貓提醒初曉。

「雖然不能光明正大的走進去，不過偷偷溜進去應該沒有人會發現吧？」初曉已經有了一個完整的作戰計畫了。

稍作休息後已經到了中午，簡單的解決掉午餐後，初曉和黑貓就離開屋子朝學校走去。

「希望別再遇到那個傢伙，不然還挺麻煩。」初曉一邊走著，一邊擔心著不知道等會到學校時會不會那麼不走運，萬一遇到諾雨海，那是逃跑的好還是迎戰的好？

「嗯。」黑貓對此倒沒有發表什麼看法。

「你怎麼好像一點也不害怕？他可是想捉到你啊！」初曉也不知道黑貓到底是怎麼想的，牠似乎對雨海沒有什麼特別的態度，以諾雲生的聰明才智，要想出個能對付那個卑鄙小人的辦法應該也是有的吧？

「我想他也只是一時迷失了而已，其實他的本性並不壞。」黑貓說。

「你怎麼知道？說不定他抓到你之後就直接拿來煮了。」初曉恐嚇牠。

「其實在發現黑魔法書缺了幾頁之後，我又去了一次茉莉阿姨的家，我看到了他的書桌上還留有我們小時候的一張合照。」黑貓說。

「咦？」

「原來我們小時候有在一起過，只是我不記得了，雖然我也偶爾有過一些模糊的印象。但是，他卻一直珍藏著我們小時候在一起的合照，或許他覺得，那就是我們之間唯一的聯繫了。」

「說不定他只是拿你的照片好用來詛咒你。」

「或許吧。」

「唉……」初曉雙手放在腦後，抬頭看著天空。「為什麼明明是親兄弟，卻要承受這種考驗呢？」

來到學校的時候，同學們都正好在上課中，校園顯得靜悄悄的，偶爾聽到各班傳來老師單調的講課聲。

初曉和黑貓偷偷的繞到側門溜了進去。

兩人小心的在學校內走著，黑貓在前，初曉在後。突然就見黑貓躍進樹叢裡對初曉叫了一聲：「小心！」

初曉連忙也跟著黑貓躍入樹叢中，她急問：「有什麼情況？」

「我看到了雨海。」黑貓說。

「啊？不是吧……怎麼這麼巧。」初曉扒開面前的樹葉，偷偷看向外面。

果然，諾雨海和三個學生會的幹事一邊討論著什麼一邊從學園的步道上走了過去。

「為什麼你們精英班的學生總是那麼閒啊？也不用像我們普通班那樣全天候上課，真是太不公平了。」初曉說。

「看來今天是彙報工作的日子。」黑貓說。

「彙報什麼工作？」初曉問。

「學生會日常事務工作總結報告，一個月一次，是要向校委會彙報的。」黑貓看著諾雨海和幾位幹事所走的方向就可以斷定了。「他們應該是去校委會沒錯。」

「嗯……他們好像走了，我們也可以走了。」初曉正想跨出樹叢，突然後面伸來一隻手，把她拉了回去。

「哇啊！」初曉被拉得往後摔去，但是她卻沒有跌倒在地上，反而跌進了一個軀體的懷抱中。訝異於自己身後還有人在的初曉，心中暗暗嚇了一跳，連忙轉過頭去確認。

「我還以為是誰，你怎麼說變就變。」初曉看到站在面前是諾雲生後，才鬆了一口氣。繼而她突然想到了什麼，驚喜的道：「咦……你變成了人，而諾雨海又正好去了校委會作報告，那就是說，在一定的時間裡，他不會回到學生會，這是我們的大好機會啊！」

「沒錯，所以我們現在應該去學生會。」諾雲生說著就抓著初曉跑了起來。

「喂喂，慢一點啦！」初曉的速度可跟不上腿長的諾雲生，被他扯著人都幾乎要飛起來了。

「我們沒多少時間，別忘記了我的極限只有十五分鐘而已！」諾雲生邊跑邊說。

「對哦，你這個特性還真是超不方便的。」初曉緊緊的跟在後面出力的跑。

兩人一直跑到西教學樓，初曉正想說「糟糕今天沒有戴假校徽要怎麼混進大樓呢」，就見諾雲生直直的衝過了守衛室的值班人員，還大叫著對值班老師說：「安老師，我忘記拿重要的報告書了，帶了個學生來幫忙拿點資料。」

「哦，真少見呀，你們學生會的人偶爾也會出點小差錯呢。」那位叫安老師的值班員笑著說，他明顯認得諾雲生，聽他說帶了個學生來幫忙，於是對於跟在後面一起跑了進去的初曉也並未多加阻攔。

兩人一起衝進了樓內，初曉正直直的朝樓梯處跑去，突然聽到身邊的電梯發出了「叮」的一聲，然後諾雲生的聲音就已經出現在電梯裡面了：「快點進來，十二樓妳打算跑到什麼時候？」

「呸，這時候不說點髒話真不足以表達我的憤怒！」初曉生氣的衝進了電梯。明明上次她怎麼按電梯都不開的，沒想到諾雲生居然一按就開了。

電梯中途並不作停留，直接到達了最頂層的十二樓。

MIAOW 11 完美的守護騎士

再度的「叮」一聲，電梯大門打開。學生會室肅穆的雙木大門就在眼前

初曉跟著諾雲生朝學生會門前走去，說著也巧，像是迎接兩人一般，剛才還緊閉著的大門卻在這個時候打開了——

懷抱著一疊資料的一個學生會成員正從裡面走出來，抬頭正好看到諾雲生，他明顯一陣驚訝。

「會長？你不是和小林他們去校委會作報告了嗎？」

「嗯，因為漏了一份重要的數據副本忘記帶過去，所以回來拿。這陣子學生會事務很忙吧？真是麻煩你費心了，阿勇。」

阿勇得到會長的稱讚立即臉紅了，他說：「這是應該的。」

完全對諾雲生隨口編造的謊言毫不起疑，阿勇還殷勤的幫會長拉開大門。諾雲生帶著初曉堂堂正正的混進了學生會內部。

順利通過。初曉偷笑的側身對諾雲生做了個鬼臉，諾雲生瞄了她一眼，拉著她就轉了個彎，來到學生會內部的另一個房間門前。

諾雲生用學生會專用的學生證對著感應器刷了刷，電子鎖應聲而開，初曉在跟著走進學生會會長專用資料室的時候還不滿的嘀咕著：「這麼高科技，你們學生會是在搞國防機密嗎？」

直到關上了身後的門，諾雲生才稍稍放鬆警戒。終於成功進來了，在這個學生會會長專用的房間，普通人是進不來的，目前他們在這裡算是最安全的。

「趕快找吧！」

諾雲生和初曉瞬間便行動起來，兩人都沒有忘記這次來的最大目的——就是要找到諾雨海藏在這裡最最重要的黑魔法書缺掉的那幾頁。

完全不顧忌的初曉在書架前隨手拿起一本書翻完就扔，一本接著一本的排查開去，諾雲生則到處翻找儲物櫃，看資料存放的信封和文件袋，兩人看完的書和資料都直接往後扔，不一會兒學生會會長的資料室就像被洗劫的犯罪現場一樣，到處都是飛舞的紙張和文件，但偏偏兩人最在意的那幾頁紙張總是不出現。

「初曉！幫我開開這個櫃子。」諾雲生朝遠在另一邊還致力於扔書的初曉喊道。

初曉原本想說「你自己不會開啊？」，但當她一回過頭來，看到黑貓雙手掛在那個櫃子邊緣時就忍不住大笑起來：「魔法消失了呀？又變回貓啦。」

「說反了吧。是因為魔法又回來了所以才變成貓。」黑貓後仰著腦袋說：「我開不了這個櫃子，快來幫忙。」

初曉扔掉手裡的東西，跨過扔了滿地的垃圾堆，艱難的朝黑貓的方向走去。

就在這個時候，初曉身後正對著的資料室電子門，卻不合時宜的發出一聲清脆的電子響聲，這是有人打開了門鎖正要進來的信號，而能打開這房間大門的人，除了正牌的學生會會長諾雲生，就只剩下另一個同樣擁有學生會會長身分的——諾雨海了。

「敵人來了，快伏下！」初曉像身後有炸彈似的首先就朝前仆倒。

「又不是在打仗！快起來啦，笨蛋。」黑貓連忙跳到地上。

「雨海大魔法師回來了，怎麼辦？」初曉問黑貓。

黑貓還沒來得及回答，初曉就聽到身後的電子門再度關上的聲音。同時響起的還有諾雨海的聲音，他似乎帶著點戲謔的驚喜，說道：「真是稀客。」

「別管我，你先逃吧！」初曉英勇的擋在黑貓面前。

「好有騎士精神。」諾雨海對初曉讚道。

「你不是去開那個什麼會嗎？怎麼會突然回來？」初曉問雨海。

「妳當然不希望看到我回來，不過不能如妳所願真是太抱歉了。當你們躲在樹後面的時候，我就已經發現你們了，我這樣說你們明白了嗎？」諾雨海說。

「原來你是想引我們來這裡，一網打盡。」初曉終於明白他的意思了，不過她並不表示出任何畏懼的說：「但是我們是二對一呢，你有勝算嗎？」

「二對一？」諾雨海語氣頗有鄙夷之意：「一個手無縛雞之力的女生，外加一隻只會上竄下跳的貓？」

看到諾雨海一臉「你們上當了」的表情，初曉不禁後退一步吞了吞口水。

「你們有勝算嗎？」諾雨海似乎也看出了初曉的退縮，學著她的語氣逼前了一步。

「你……你……別過來……」初曉已經退無可退了。

「現在才害怕，會不會太遲了？」諾雨海欣賞著初曉和黑貓的慌亂。

「怎麼辦？」初曉根本不知道該怎麼應付面前的困境，只好轉頭問黑貓。

「看來只有戰鬥了。」黑貓嚴肅的道。

「你不是最擅長跳窗嗎？那邊有出口！」初曉指著旁邊大開的一扇窗。

「這裡是十二樓，我又不是飛鼠！」黑貓回道。就算是飛鼠，從這高度掉下去也立即變「薯餅」了。

「嗯，真傷腦筋，逃不掉了呢。」諾雨海熱情的回應著兩人間的對話。

「我衝過去把門打開，你趁這個機會逃吧。」初曉在說這句話的時候人已經朝諾雨海衝過去了，她原本是想給黑貓爭取一點逃脫的時間，畢竟雨海對同是人類的初曉並不能怎麼樣，而雨海的最終目標還是黑貓，所以初曉就賭這一瞬間的突圍能成功！

黑貓顯然也知道初曉的想法，牠跟著在同一時間躍出，朝門邊方向飛速跑去。

初曉的動作雖快，但諾雨海的反應也不慢，而對於就站在離門更近的他來說，要攔下初曉可說是易如反掌，只需稍微向前跨上一步，基本上就斷了初曉的去路。

初曉早料到諾雨海不會輕易讓路，她也料到雨海會衝上前攔截；初曉學習雖然不甚靈光，但她的運動神經卻是異常的優秀，只有體育幾乎滿分的她，對於雨海的動作判斷得滴水不漏，初曉一個假動作就讓雨海撲了個空，她忽然屈身一矮，斜刺的從地板上滑過。

諾雨海在初曉身形突然消失的那一剎那吃了一驚，沒想到這小女生居然在這麼短的時間裡就完全摸清了自己的動向意圖，但是有所準備的他又怎麼會輕易放過任何機會，諾雨海的手突然凌空揚起，他手中一個小瓶子裡的藥水紛飛散落，直接滴灑在地面，而橫衝而過的初曉剛巧就被淋個正著。

正奇怪為什麼諾雨海會用水來潑自己，初曉卻只感到一陣暈眩，眼前的景物似乎發生了一些不尋常的變化，身邊的書桌忽然拔地而起，旁邊的資料架也像吸收了魔法的植物一樣生長出不可思議的高度，地上鋪設的地磚也在一瞬間拉遠了距離，每一塊的面積都變得更大了，初曉原本伸手可及的門把，一下子離她遠去，長往了高處。

這到底是怎麼回事？！初曉萬分驚詫，難道這諾雨海使了什麼怪異的法術，讓這個空間扭曲變大了嗎？

但是，當初曉看到就離自己不遠的黑貓瞪著大大的眼睛盯著自己的時候，她才發現連原本細小的黑貓也不知什麼時候變大了——不對，初曉這時才意識到，並不是身邊的東西變大了，而是她變小了啊！

「為什麼會變成這樣？」初曉本想這樣大叫出聲，但是從她嘴裡冒出來的卻不是完整的語句，而是一聲清清楚楚的動物嗚叫：「喵～！」

初曉呆住了。

她不確定的又叫了一聲。

「喵……」

為什麼自己會無故的變聲呢？初曉雖然意識到一些恐怖的事情正在發生，但仍不願相信的她緩慢的回頭一看，一條搖擺著的尾巴正顯然的掛在自己的身後，初曉再轉過臉來，黑貓就站在她的身旁，初曉求救的看向黑貓，企圖從牠的態度中尋得一絲答案，但初曉還沒問出事實之前就已經從黑貓清澈如鏡的綠眸中看到了自己——

那是一隻圓溜溜的小灰貓，身形看起來比黑貓還要小巧……初曉毛都炸起了，她這才發現自己原來已經變成了一隻貓啊啊啊啊啊！

「為什麼我會變成一隻貓！」初曉終於吐出她想表達的語言時，第一聲的咆哮就送給了諾雨海。

「顯而易見，因為妳也中了黑魔法。」諾雨海搖了搖手中的空瓶子，對初曉說。

「什麼?!」初曉跳了起來，但她現在的身材細小到即便是跳起也連雨海的膝蓋都搆不到。

「貓真是可愛的生物啊。」諾雨海看著發怒的初曉，在地上跳來跳去的模樣甚有趣，不禁哈哈的笑出聲來。

變成了小灰貓的初曉急得團團亂轉，她朝諾雨海叫道：「快點把解藥交出來啊你這個大壞蛋！」

「才不要呢。」諾雨海對著初曉一臉戲謔的吐舌頭。

「我不要變成貓啦！嗚嗚嗚……」初曉大哭道：「這樣子怎麼去參加銀星歌唱大賽的決賽?!」

「都這個時候了，居然想的是這種事。」諾雨海真是服了初曉。原本以為她從人類變成了貓而抓狂，沒想到她在意的是不能去參加比賽。

「兩隻小貓，同病相憐。」諾雨海居高臨下的看著初曉和黑貓。

「你太過分了！」就在諾雨海好玩的低頭看著地上的一灰一黑兩隻小貓時，黑貓平地躍起，就朝諾雨海的臉上撲了過去，飛快的給了他一記狠狠的貓爪子，數道鮮紅的抓痕立即浮現在雨海的左頰上。

「別把無辜的人牽扯進來！」黑貓掛在雨海的臉上，痛斥的道。

「哇啊！你這隻瘋貓，趕快下來！」諾雨海沒料到黑貓會突然這樣襲擊他，被抓得哇哇大叫。

初曉見狀，也學著黑貓的樣子，朝雨海身上飛撲上去，一旦嘗試著伸出爪子成功抓住了諾雨海的衣服後，初曉就像天生是貓一樣懂得運用自己的身體了！瞬間就靈活起來的小灰貓，直接左蹬右蹬的爬了上去。

諾雨海一邊驅趕著兩隻都跑到他身上來的貓，一邊在資料室內跑了起來，場面一下子居然被兩隻貓占領了主導地位，變得相當可笑。

「這可是真正的二對一了。」黑貓冷冷的對諾雨海說。

「居然敢把我變成貓，先把你的臉給劃花了！」初曉叫著又撲過去。

諾雨海臉上還留有黑貓剛才劃過的傷呢，看到初曉又來搞接力，真要嚇死了，他一邊叫著「別過來！」一邊趕緊躲藏一邊直跳腳。

對峙雙方的立場被調換了，諾雨海開始有點後悔自己過於輕率的把初曉也變成貓，原本以為變成貓之後的初曉會被大幅削減戰鬥力才對，沒想到手短腳短的小灰貓靈活異常，變得更加難纏。

雖然變成了貓，卻在習慣身體的運用後，跳躍力反而有著驚人的突變，初曉只感到輕盈的身體裡像充滿了用不完的能量，之前還跳不過諾雨海的膝蓋，現在卻可以藉助身邊的物品作跳板跳到天花板上都沒有問題！

覺得自己就像是玩無軌的空中飛車一般，初曉精神亢奮，像個彈球一樣在室內飛來彈去，襲擊著諾雨海。

因為兩隻貓的目標都是自己，諾雨海這才發現要躲避身形細小的兩隻動物是多麼困難的一件事，而且貓的反應非常敏捷，當他以為自己可以捉到其中一隻的時候，馬上就會有另一隻跳過來攻擊，搞得最後諾雨海也不得不承認自己的戰略失敗。

諾雨海在兩隻貓交替的攻擊縫隙中大叫了一聲：「好吧，我把解藥給你們！」

兩隻貓果然立即停了下來，望著他。

終於可以喘一口氣的諾雨海，在確定了一灰一黑的兩隻貓沒有再跳起來襲擊自己的打算之後，才慢慢的站了出來。

「你真的肯把解藥拿出來？」初曉倒不太相信諾雨海的話。「該不會是暗藏著什麼陰謀吧？」

「信不信隨妳。」諾雨海看了初曉一眼，隨即從身上摸出了一瓶跟剛才灑在初曉身上差不多樣子的藥水瓶子來。

透明的瓶子裡裝著可疑的藍色藥水，晶瑩的瓶子冷冷的發著微光，初曉和黑貓對望了一眼，一時都不敢相信這好事。

「不過，解藥只有一瓶。而且這裡的分量只夠解開你們其中一個人身上的魔法而已。」諾雨海把解藥的瓶子放在了桌子的正中，不懷好意的笑著說：「只有一個人可以得到解救，你們有足夠的時間，可以自己商量一下到底要犧牲掉誰。」

「你真是太卑鄙了！」初曉這才知道，諾雨海根本不是真心想給出解藥，而是故意出了這樣的一道難題讓她和黑貓產生分裂。

「這個世界就是這樣。要成全一個人就要犧牲掉另外一個人！」諾雨海哼了一聲，聲音毫無感情。「我也只是讓你們也感受一下這種被人放在天秤上計算的可悲命運而已，快來選吧！當初我就是被犧牲掉才換來某人的幸福安穩生活，現在他會不會也犧牲掉妳而換回自己人類的身分呢？答案到底是Yes or No？真是令人期待！」

「我才不會中你的計。」初曉狠狠的瞪了諾雨海一眼，轉頭對黑貓說：「別聽他亂說，這就是你一直以來要找的解藥，還猶豫什麼？快點去拿啊。」

「我不可以這樣做。」黑貓卻沒有移動一步，相反的，他對初曉說：「妳才是整個事件中最無辜的人，我不可以這麼自私，這一切都因我而起，我不能眼看著妳代替我受詛咒。」

「我曾經承諾過你要幫你找到變回人類的方法，現在就是我兌現自己承諾的時候了，為什麼你卻要在這個時候才退縮？」初曉對黑貓說。

「我沒有想過結局會是這樣。」黑貓看著同為貓的初曉，一時百感交集。

「嘖嘖，你們感情真好啊。」在一旁看不下去的諾雨海不禁插話道：「妳就這麼想當貓嗎？明初曉同學。」

「誰想當貓啊！」初曉朝雨海吼，又轉頭對黑貓說：「你頭腦比我好，你先變回人，然後打倒這個惡棍再救我不就行了嗎！」

「原來妳打的是這種主意。」諾雨海聽得一臉不高興。

「這可不是開玩笑的，萬一解藥只有這一瓶你打算怎麼辦？」黑貓倒不像初曉那麼衝動，牠考慮事情的態度也比初曉謹慎。

「不會吧……」初曉雖然慷慨，但聽到黑貓所說的這個可能性也不由得一陣心虛，她可是不願意當一輩子的貓啊。

「討論時間結束！」諾雨海原本以為初曉和黑貓會因為僅有的一瓶解藥而顯露本性，展開激烈爭搶的，誰知道這兩個笨蛋居然拖拖拉拉的上演孔融讓梨的戲碼，看得他氣不打一處來。

「到底誰要用？」諾雨海已經打開了瓶蓋。他威脅的說：「這藥水揮發力極強，在一分鐘內不決定的話就會失效！你們猜得沒錯，這是僅有的一瓶解藥，再也不可能出現第二瓶，因為製作解藥的那一頁書我早就燒掉了，這個世界上再也不會有人知道如何解開黑魔法的方法。你們最好搞清楚自己現在的立場，你們要是選擇放棄了這一次的機會，就等於一輩子只能當隻貓了！」

初曉傻了眼，她還真沒料到解藥只有一瓶！

那現在到底該怎麼辦呢？在一分鐘之內決定自己和黑貓的命運嗎？雖然她很想成全黑貓，但是要自己一輩子當隻貓，她也沒有如此強大的決心啊！

但就在初曉還在猶豫的時候，黑貓卻已經做出了反應，率先朝諾雨海手中的藥瓶衝去了。

諾雨海的嘴角露出一絲勝利的微笑，他嘲諷的說：「在得知只能選擇一個的時候，你還是會毫不留情的只選自己呢。」

黑貓的衝力撞開了諾雨海手中的瓶子，藥水從傾倒的瓶口溢出，呈現出完美的拋物線，飛濺而下的藥水便落在了還在掙扎著要怎麼辦的初曉頭上。

在被水濺到的初曉茫然的抬起頭來，只來得及看到黑貓的身影在遠處落下，接著她覺得眼前起了一陣變化，身邊所有的物品迅速的移動著，變回原來的大小，眨眼間她又回復到人類狀態了。

解藥起效了。初曉發現自己還保持著貓時的姿態，四肢跪坐在寬大的桌子上。

而此時站在桌子旁邊的諾雨海也沒料到黑貓那一跳就決定了最終的答案，他甚至連選擇的機

會也省下了，直接就把解藥讓給了初曉。

初曉呆呆的看著自己的雙手，身上的一切感覺都告訴她自己是一個貨真價實的人類，那麼，就意味著黑貓永遠只能是黑貓了。

「為什麼你要這樣做？」初曉雖然對於自己能變回人類感到欣慰，但這卻是要以另一個人的一生作為交換，她覺得只有自己得到解救實在太不公平了。

「妳這麼笨，如果當隻貓也只會是隻笨貓，還不被人欺負死。」黑貓平靜的對初曉說。「妳不是說要養我一輩子嗎？那就給我好好負起責任吧。」

「為什麼你要這樣說……」就算被黑貓吐槽，初曉也悲傷得只想哭出來。

「居然會想要把唯一的機會讓給別人，只能說你們都是笨蛋。」諾雨海對於兩人的推讓不以為然。

「是啊，我們是笨蛋又怎麼樣？」一直壓抑著的初曉緊咬著牙齒，她直直的盯著就站在身前的諾雨海，惡狠狠的道：「那你又是什麼？你不過是個懦夫而已！」

突然從桌子上站起朝外撲去，初曉一下子就把站在邊上的諾雨海重重的擊倒在地，又一次凌駕於諾雨海之上的初曉揮起拳頭就朝那張和諾雲生長得一模一樣的臉打了下去。

初曉一把扯起了諾雨海的領子，大聲的道：「沒錯，諾雨海，你就是個懦夫！你以為你在報復誰啊？報復命運嗎？報復拋棄你的諾家嗎？報復你的親生哥哥嗎？其實都不是，你只是在報復你自己的懦弱！」

「因為你一直不肯承認你自己，是你自己讓自己變成這樣扭曲的性格，你曾經說過，你有什麼比不上諾雲生？但是你有沒有問過自己，為什麼要去比較？你們根本就是兩個不同的人！你就是你，他就是他，哪怕你們長得一樣，哪怕你們出生在同一個地方，哪怕你們身上百分之百的基因相同，但你們各自承載著的卻是不同的靈魂啊！」

「為什麼你總是不肯真正面對你自己？是你自己甘願活在別人的影子之下而已！還妄言說什麼要取代你哥哥的人生，這簡直是笑話！你是諾雨海，你永遠也只會是諾雨海！為什麼你非要成為別人不可？難道這不就等於你否定了原本的自己嗎？如果連你自己都不肯認同你自己，你又有什麼立場去抱怨別人不願意認同你呢？」

「你說諾家因為害怕詛咒而拋棄了你，你怨父母無情，怨命運對你不公，但是你有沒有冷靜想過，天下哪有願意捨棄自己孩子的父母？你自己也看過那張照片吧，你的父母把你們的誕生稱作『天使的降臨』，為什麼你就不願意相信把你送走是他們不得已的決定？哪怕只是迷信的家族詛咒，為了不讓你們兄弟受到一點傷害，你的家人寧願把你們分開撫養也不願看到你們遭受意外啊！」

「別總是擺出一副只有你才是受害人的樣子來！別一廂情願的以為只有你才是最受委屈的人！在你搞出那些低劣的報復遊戲之前，至少了解一下你要報復的對象如何？你哥哥所背負的東西一樣也不會比你少！作為家族的承繼人，你以為他會比你快樂嗎？你的眼睛裡就只看得到仇恨嗎？一邊過著自由舒適的日子，一邊還痛恨自己不幸福，你到底是有多閒？我真是看不下去了，諾雨海！你這個自以為是的混帳！」

初曉一口氣的大聲責罵著，諾雨海剛才被她狠狠揍出的一拳直到現在還在生痛，但是他卻錯愕的看著初曉，聽著她連珠炮彈一般的話語，完全忘記了反抗。

「為什麼……為什麼要這樣對待你唯一的哥哥呢……他明明什麼都沒有做錯啊……」

初曉的眼淚一顆一顆的掉落在諾雨海的臉上，她悲痛的說：「就因為你的軟弱，而讓別人受到傷害，這是你的責任吧。你口口聲聲說你要討回你應得的幸福，那麼別人的幸福呢？你最看不起要犧牲別人成全自己的行為，但你現在不就正在這樣做嗎？你到底是憎恨著別人的自私，還是該憎恨著自己不得不和別人顯現出一樣的自私？」

「別再說出要取代別人的話，在這個世上，沒有任何人可以取代任何人。哪怕是你，也和我們一樣是無法被別人所複製和模仿的個體，我們都是獨一無二的存在啊，諾雨海！」

諾雨海呆呆的看著初曉，像在看一個完全陌生的人一樣。

初曉在痛快的發洩完想要說的話之後，重重的把諾雨海扔回到地上，站了起來。

這個身材並不高大的女生，氣場卻強大得讓諾雨海產生了神一般的可怕錯覺，彷彿她是上天派來譴責他的所作所為的，諾雨海在她的制壓之下完全無法吱聲，怔怔的看著她憤怒的踏過地面上凌亂不堪的文件和碎紙，和黑貓一起走出了學生會的資料室。

當站在學校門口的時候，初曉和黑貓都停下了腳步。

這一趟回校之旅，完全超出了兩人當初的預想。初曉這才想起自己原本是要拿樂譜來給音樂老師看的，但現在卻一點心情也提不起來了。

「樂譜不見了。」初曉摸了摸口袋，頹然的說。

「可能是剛才落在了學生會的資料室裡。」黑貓說。

剛才在學生會的資料室裡大鬧了一場，估計就是在那個時候不小心遺失了重要的樂譜吧。

「要回去拿嗎？」黑貓問初曉，這可能意味著又得回去掀起另一場戰鬥。

「算了。」初曉卻一臉疲倦的樣子。剛才勇猛的教訓諾雨海時的氣勢全然不見了，她現在只想安安靜靜的回家。

家裡還有底稿，要重寫一份也不是完全沒有辦法，初曉不想再看到諾雨海的臉，因為這會讓她想起另一個和他有著相同樣子的人。

望著黑貓獨自走在前面的身影，初曉就有說不出的難過。

諾雲生在最後的選擇中，毫不猶豫的把機會留給了她，初曉不知道牠當時是怎麼想的，但是如果反過來，初曉沒有自信自己能如此偉大的把最後的希望拱手讓人。

「其實現在也不過是維持原狀而已。」黑貓像是看穿了初曉的心思，牠說：「妳就當雨海從來也沒有拿出過解藥，事情並沒有因此而有所改變好了。」

「但是最重要的魔法書缺頁已經被那傢伙毀掉了，這又怎麼能算是什麼也沒有改變呢？」初曉還是耿耿於懷。

「……」黑貓低下頭去，這個結果顯然讓牠陷入了無助的境地。

一人一貓繼續低落的行走在回家的路上，再也沒有說話。

初曉回到家時也沒有心情練歌了。

就這樣，日子又過了幾天，禁閉時間已經結束，再次可以重新回到學校上課的初曉，卻沒有絲毫高興的心情。

當早上初曉拿著書包呆晃著走進教室的時候，同學們似乎正熱烈的討論著什麼。

初曉面無表情的朝自己的座位走去，這才留意到大家都圍在她的桌子周圍不知道在和誰說著話。

「啊，初曉回來了。」有人最先發現了初曉，連忙叫出聲來：「初曉！有人找妳。」

同學們都不約而同的回過頭來，大家都對初曉的出現感到興奮，似乎一直就在等待著她回來一般，迅速讓出一條通道。

初曉不知道有誰會來找她，而這個人又如此的讓大家注目。當她走近了之後，才真正看清楚了此時就坐在自己位置上的人，初曉終於了解為何這個人的出現會引起如此大的騷動了。

「你來幹嘛？」初曉重重的把書包放到桌面上，冷冷的問那個不請自來並厚顏占據著她位子的傢伙。

諾雨海對初曉的冷淡並不太在意。他從身邊取出了一個小袋子遞給初曉，說：「妳落在學生會室的東西，我拿來還給你。」

初曉看了諾雨海一眼，說：「我沒有東西留在學生會室，也不用勞煩你給我送回來。我和你沒什麼好說的，你走吧。」

「我知道妳很重視這次的音樂比賽，沒有了樂譜對妳來說會很麻煩吧。」諾雨海把裝有樂譜的袋子輕輕的放到桌面上，並站了起來。他說：「既然妳這麼討厭我，那我也沒有必要留在這裡惹人嫌，我這次來只是想……」

諾雨海似乎想說些什麼，但最終卻沒有說出來。在初曉完全無視他的態度中，諾雨海暗自嘆息一聲，還是走了。

諾雨海一走掉，大家立即又圍了上來，爭相詢問初曉。

「剛才的那個是學生會會長吧？為什麼他會親自過來！」

「初曉，妳和學生會很熟嗎？真厲害啊……」

「好像他給了妳什麼東西吧，初曉，妳和學生會會長是什麼關係？」

「好了好了，要上課了，大家快點回自己的座位吧。」麗月看到初曉一臉的不耐煩，只好上前替她解圍。

大家好不容易才散去，初曉坐回到座位上，卻一臉的悶悶不樂。

這時黑貓也從外面的庭園裡探出身子，躍到了初曉所坐的窗台邊上。

「怎麼了，剛才這裡好熱鬧，到底發生了什麼事？」黑貓問初曉。

「剛才那傢伙來找我。」初曉告訴黑貓。

「妳是說雨海？」

「嗯。」

「他找妳做什麼？」

「不知道。」初曉認為昨天學生會之戰諾雨海已經算是大獲全勝了，他成功的破滅了對手的所有希望，難道還要把對方趕盡殺絕才甘心嗎？初曉這時才看到了諾雨海拿來的袋子。她取過袋子對黑貓說：「那傢伙把樂譜送回給我。」

黑貓爬到初曉的課桌上，看初曉把袋子拆開。

袋子裡面的確放著完整的樂譜，有幾頁破掉了的紙片也被雨海細心的拼好黏貼回原狀了，初曉的手從袋子裡還掏了點什麼東西出來。

「咦？這是什麼東西？」初曉拿著手中的藥水瓶子看著。

「這是香水嗎？」在一旁好奇看著的麗月這時也不禁讚嘆出聲：「好浪漫啊。」

「要噴噴看嗎？可能會因此而變成貓哦。」初曉拿著瓶子問麗月。

「妳在開什麼玩笑呢！」麗月完全不懂得欣賞初曉的笑話。

「雨海怎麼會把藥水送給妳？」黑貓問。

「我怎麼知道，他該不會以為我對做貓有著特殊的癖好吧？」初曉哼道。

「我說……這會不會是？」黑貓試探的問道。

「你想說這是解藥嗎？我不認為那傢伙會這麼好心。況且那傢伙不是說解藥已經用光了嗎？」初曉對雨海的印象壞透了。她說：「搞不好這是什麼奇怪的藥水，用了會從貓變成老鼠！」

黑貓盯著藥水看了半天，也有點遲疑不定。

「你是想要試試看嗎？」初曉問黑貓。

「……」黑貓苦惱的做著思想鬥爭。雖然雨海說解藥已經用完了，但是在這樣的誘惑下，牠還是有點動心。

「那就賭一賭吧。」黑貓豁出去了。

「不論你變成什麼動物，我都會養你一輩子的。」初曉拍了拍黑貓的頭說：「你就放心的去吧。」

「真是好不吉利的安慰。」黑貓滿頭鬱悶的黑線。

午休的時候，初曉帶著藥水和黑貓一起去了學校建在後山坡上的小木屋。

這裡是黑貓和初曉相遇的地方，廢棄的體育館雜物房。在這裡的話，就不用怕被人看到黑貓的變化了吧。

「這裡還是一點也沒有變呢。」初曉看著那個壞掉的門鎖，不由得一陣感嘆。當初就是因為這個壞掉的鎖把她困在雜物房裡面，繼而促成了她和黑貓的相遇。

「希望一切從這裡開始，也從這裡結束吧。」初曉手中拿著藥水的瓶子，慎重的問黑貓：「你準備好了嗎？」

黑貓點了點頭，初曉打開了瓶子。

初曉把藥水倒到黑貓的身上，然後開始等待著黑貓的變化。

一分鐘過去了，黑貓還是黑貓。

二分鐘過去了，黑貓還是黑貓。

三分鐘過去了，黑貓……

「我們被騙了。」初曉不得不說出這一事實。

黑貓看著毫無變化的自己，也黯然無語。

「先讓你還以為有最後的希望，然後再徹底破滅它，果然很惡毒。為什麼事到如今還要這樣耍我們啊？」初曉扔掉了瓶子，氣呼呼的站起來，她說：「我要去找那個混帳！」

初曉轉身就去拉門，但是木門只發出了「卡卡」的啞聲。

「不是吧……」初曉彷彿陷入了昔日的惡夢之中。她大叫道：「我又被鎖住了?!」

「笨蛋，妳剛才不小心又把門關上了。跟妳說過多少次了，這門不能關死！」黑貓受不了的道。

「那怎麼辦?又要等你去拿鑰匙嗎?」

「但我這個樣子，也沒有辦法幫妳了。」

「為什麼?」初曉還苦惱著自己怎麼老是犯同一個低級錯誤，聽到黑貓這樣說，她不禁回過頭來。

身後站著的並不是黑貓，而是一個她無比熟悉的男生。

「咦?你變成人了！」初曉指著諾雲生，驚訝的叫。

「如妳所見。」諾雲生攤了攤手。

「是解藥生效了嗎?」初曉驚喜的道，但又覺得可疑。「但上次解藥灑在我身上的時候是立即就變的，怎麼你卻拖了這麼長時間?雖然你現在變回了人類，但是……該不會只能維持十五分鐘吧？」

「我也不知道。」諾雲生坦白道。

兩人都是一邊期待著又一邊自我懷疑著。

唯一可以確定的是時間，只要等十五分鐘，結果就會揭曉了。

到底是解藥起了效果，還是黑貓只是碰巧了變回人類的時間而已呢？兩人只好背倚著木牆，坐在儲物室的地上聊著天。

「如果是真的解藥生效就太好了。」初曉說。

「嗯。」諾雲生當然也是如此希望著。

「但是我想到一個很嚴重的問題。」初曉又說。

「什麼？」諾雲生問。

「要是你不再變回貓的話，那麼誰去拿鑰匙呢？」

「……」諾雲生無語了。

「我們要被困在這叫天不應、叫地不聞的鬼地方了。」

「其實，這個門就算不用鑰匙也是可以開得了的。」諾雲生說。

「是嗎？怎麼開？」初曉今天才第一次聽到這回事。

諾雲生環顧儲物室一周，然後從一堆雜物中拿了一大一小兩個木塊。來到了門邊，他對初曉說：「看著了，用一個木塊頂在這個位置，然後再用小的那個長條型的木塊卡在這裡，再往上一抬，就可以把鎖頂開。」

隨著諾雲生的動作，木門果然又打開了。

「喂！為什麼那天你不告訴我可以這樣打開門？！」初曉氣得大叫。

「如果我這麼輕易就告訴了妳，妳又怎麼肯跟我做約定呢？」諾雲生聳了聳肩，說：「我也是迫不得已。」

「你這個騙子！」初曉追打起諾雲生來。

諾雲生見初曉打來，趕忙逃出木屋，朝外面就溜了。

兩人一直追鬧著，跑到了學校的林蔭小道上。初曉追得沒氣了，她說：「你怎麼這麼能跑啊。」

「貓科都是跑步專家啊。」諾雲生回道。隨即又問：「對了，現在過了幾分鐘了？」

初曉這才想起來。她看了看手表的時間，說：「已經二十分鐘了呢。」

超過了二十分鐘，諾雲生還是諾雲生——這就是說，解藥的確是真的。

「恭喜你！」初曉歡呼的跳起，彷彿達成了心願的是她本人一樣。「你終於變回人類了啦！諾雲生！」

諾雲生也有點意外這突如其來的結果，他看著自己的雙手，這本應看慣了的景象卻讓他莫名感動。

「我真的不會再變回貓了？」諾雲生不禁自問。

「看來諾雨海這傢伙良心未泯，最後也做了件正確的事情。」初曉發現她已經不像當初那樣恨著諾雨海了。

「嗯。」諾雲生含糊的應了一聲。但是他知道，諾雨海之所以會選擇把解藥給自己，完全是因為初曉不懈的努力。

如果不是初曉對雨海說的那一番話解開了他糾纏多年的心結，如果不是那天初曉狠狠的打醒了雨海的話，相信雨海到現在還是對所有人抱有懷疑和猜忌之心，在自己所編織的憎恨迷宮中找不到出路。

「謝謝妳。初曉。」諾雲生真心誠意的對初曉道謝。

「你怎麼突然變得這麼客氣？」初曉打著哈哈，拍了拍諾雲生的頭，就像往日拍著可愛的小黑貓一樣。她說：「這是我們的約定，不是嗎？」

「妳很出色的完成了我們之間的約定。」諾雲生看著初曉，又說了一次：「謝謝。」

「道謝一次就夠了啦。」初曉也有點不好意思起來了。

諾雲生笑而不語，但是，剛才的那一聲謝謝，卻是代某人而說的。

謝謝妳拯救了迷失的我，初曉。
也謝謝妳拯救了迷失的雨海。
妳是我所見過的最完美的守護騎士。

MIAOW 12 銀色舞台

諾雲生變回了人類。

第二天終於能以自己的身分重回到千都學園的諾雲生，感覺就像相隔了半生的時間一樣，其實真正算起來他變成貓的日子也不過是短短的一個多月時間而已，但此刻的自己卻有著一種重生的感覺。

諾雨海放棄了再假裝諾雲生，但是他卻並未因此而消失。

幾天後，初曉就從班上的同學議論中聽到了新的小道消息。

「聽說昨天學校來了個很不得了的轉學生。」

「這個時候才轉學過來？會不會跟不上進度啊？」

「妳要是知道他是誰的話，就不會這樣說了。」

「是嗎？到底是誰這麼厲害？」

「聽說他是學生會會長的雙胞胎弟弟，頭腦也是一級棒的呢，而且一轉就直接進西教學樓的精英班了。妳說厲害不厲害？」

「雙胞胎嗎？哇，那他是不是長得跟諾雲生會長一個樣子呀？」

「我有看過我有看過！我昨天去教務處交記錄，有看到那個轉校生哦，真的長得和諾雲生會長一模一樣呢！我一開始還認錯了來著。」

「哇，帥哥又多了一個，壓力真大。」

大家哈哈大笑著互相嘻鬧著，初曉感受著窗外微醺的清風，不禁露出了微笑。

看來這兩兄弟終於能真正以正常的方式互相較量了。以雨海的性格，他一定會努力追趕哥哥的腳步，讓大家都好好的承認他的存在吧。

「咦？初曉，為什麼最近這幾天都沒有再看到妳家的小黑貓了呢？」有人這樣問初曉。

「啊，牠呀……」初曉懶懶的回答道：「大概是為了達成夢想，所以決定離家出走了。」

「啊？」大家都表示不解。

初曉打了個哈哈，就加入了討論新來的轉學生話題，把大家的注意力重新引開。

不過因為諾雲生變回了人類，就再也不可能像以前一樣天天跑來初曉的教室陪她上課了。已經習慣了窗邊有著那個熟悉的身影，突然之間那個位置卻變得空蕩蕩，初曉的心也變得空落起來。

已經好久沒有再見到諾雲生了。

初曉有幾次遠遠的看著西教學樓呆呆出神，她知道諾雲生就在那棟樓裡，和自己所在的教學樓毫無交集，如果不是有什麼特別的事情，估計很難再有機會見到他了吧。

不知道為什麼，一直希望諾雲生能達成心願變回人類，一旦這願望成了真，為什麼自己卻又覺得這樣的寂寞呢？

初曉總是會不經意的懷念著以往和黑貓在一起的日子。那些雖瑣碎，卻充滿著歡聲與淚水的日子，現在已一去不返了。

看著手裡的樂譜，初曉就會想起和黑貓一起練歌的情景，從自己完全不會看譜，到通過了銀星的初賽，再到自己動手創作歌曲……如果沒有黑貓，自己是不可能會走到這種程度的。

放學後，初曉去了音樂教室練歌。

把樂譜交給了音樂老師後，老師意外的對初曉提交的樂譜非常的感興趣。原本以為初曉只是玩票性質才堅持說要自己原創歌曲，但在看到了成品後卻產生了極大的改觀，音樂老師開始對初曉這個總會給人驚喜的學生另眼相看。

「這詞也作得非常好呢，簡單又直接，很有感染力，看得出來是首很歡樂的歌曲哦。」音樂老師微笑的對初曉說：「只要腦中一響起這樣的旋律，彷彿連人也會覺得輕快起來了。」

「我們就來好好練習吧，我覺得就算不能獲獎，這也是一首非常棒的歌。」音樂老師肯定道。

就這樣，初曉每天除了上課就是來音樂室報到，對音樂有著異常狂熱之情的她從來沒有偷懶過一次，隨著銀星最終決賽的日子逼近，初曉也進入了最佳備戰狀態，以迎接這最後的挑戰。

這天中午，初曉在學校的小樹林附近獨自練著發聲，會挑選這裡是因為在這裡即使大聲歌唱也不會妨礙到別人。就在初曉練著的時候，她聽到了樹後有人。

「是誰在那裡？」初曉問。

「是我。」那人聽到初曉發問，乾脆就轉身走了出來。

那是一個初曉絕不會陌生的人。

「哦，原來是你啊。」初曉喔了一聲。

「是呀，就是我嘛。不過，妳知道我是誰嗎？」那人狡黠的笑了笑問。

「你是諾雨海，我沒有說錯吧？」初曉完全沒有遲疑的道。

「咦……為什麼妳會知道？」諾雨海倒是一呆。

「就因為你是諾雨海啊！我早就說過了，每個人都是獨一無二的，就算你長得跟諾雲生一模一樣，其實你們的性格完全不同。我是不會認錯的。」

諾雨海沉默了一下，似乎在思考著初曉的話。

「或許你自己還沒有發現吧？如果是諾雲生的話，他是絕對不會問出『猜猜我是誰』這種話來的，但是，你卻很在意別人是否能認出你。」初曉微笑的解釋說：「這是你沒有自信的表現哦。」

「妳真是個可怕的女生。」諾雨海哼了一聲。

「好吧，那你來找我到底有什麼事？」初曉問。

諾雨海有點害羞的望向了別處，說：「是來……謝謝妳的。」

「什麼什麼？我聽不見，麻煩說大聲一點！」初曉又問了一次。

「妳是故意的吧。」諾雨海氣惱。

「這是要感謝別人的態度嗎？不合格！回去重練再來。」初曉嚴肅的道。

「妳！」諾雨海氣結。

明顯的這個人很少跟人道謝吧，初曉了然的笑了，決定放過雨海，不欺負他了。初曉問：

「你們現在還好嗎？你既然入讀了千都學園，那就是搬到這個城市了？」

「嗯，現在我已經回到諾家了。」雨海說。

「哦？你們不怕那個什麼詛咒了嗎？」

「那都是些未經證實的東西，就算真會有，雲生也說過，只要我們同心協力，不論是什麼樣的詛咒都可以一起對抗到底，我們是不會輸給這麼無聊的東西的。」

「真像那傢伙會說的話呢。」初曉點了點頭。

「妳的決賽是什麼時候？我們也會去給妳打氣的。」雨海說。

「離決賽時間還有一個星期呢。還沒開始比賽我就已經感覺到那種緊張的氣氛了。」

「妳很想得到冠軍吧？以我們學生會的力量，幫妳搞掉幾個對手應該不是問題，或者妳是想收買評審？」諾雨海開始認真的計畫著。

「拜託別做無聊的事情！」初曉對雨海大叫：「還有，你的腦子裡面到底有沒有正面一點的思考方式？！」

「哈哈哈，開玩笑而已，放輕鬆點。」雨海笑道。

初曉怔了怔，諾雨海其實是想讓她放鬆心情，別太緊張而已吧？這就是他的方式。有時初曉覺得，諾雨海和諾雲生雖然不是一起長大，但在某些方面卻意外的相像呢。

但是如今能得知他們兄弟重歸於好並也互相正視了對方的存在，初曉還是替他們感到高興。

諾雲生已經達成了他的心願，那麼接下來就只剩下我了——初曉為自己打著氣，不再努力些可不行呢，現在可是已經到了一決勝負的時刻！

剩下的一週裡，初曉的練習進入了白熱化，除了上課、吃飯和睡覺的時間，其他全部都用來練歌了。

就連要給初曉伴奏的音樂老師，也非常投入的配合著初曉的進度。對這次比賽也相當重視的音樂老師，投放在初曉身上的時間比另一個同校的選手汐霞還要多。

但是因為汐霞本來就有專業的底子，加上她出身於音樂世家，家裡早就為她高薪聘請了高級的私人音樂指導，所以汐霞很少選擇在校練習。這對於初曉來說，幾乎可以獨占音樂老師的專寵她倒是求之不得。

在最後幾天的練習時，音樂老師對初曉的表現已經無可挑剔了，她說：「這段時間裡妳真的已經非常努力了，無論明天結果如何，都足以讓妳感到自豪了呢。」

「謝謝老師。」初曉激動得一下子就抱著音樂老師哭起來。

「真是孩子氣。」音樂老師取笑初曉。

「我一定會傾盡全力演唱的。」初曉保證道。

「嗯，那我就拭目以待了。」音樂老師一邊說著，一邊輕輕的咳嗽起來。

「老師，妳生病了嗎？」初曉緊張的問。

「可能這陣子天氣轉變，有點著涼了，只是普通的感冒而已。」音樂老師微笑的道。

「要好好保重身體呀，身體乃是革命的本錢！」初曉說。
「這是真的呢，妳可別比賽那天生病了哦。」音樂老師打趣初曉。
「哇，別說這麼不吉利的話啦！」初曉抗議，惹得音樂老師一陣笑。

就這樣，初曉夢想已久的銀星決賽，正式來臨了。
當天，初曉早早就起床做準備，在快要出門的時候，卻接到了一通緊急電話。電話裡是音樂老師虛弱的聲音，她抱歉的對初曉說：「初曉，對不起，我昨天晚上發高燒，現在人還在醫院裡，今天的比賽我恐怕無法出席了，不能幫妳伴奏了真是對不起……」
「老師妳沒事吧？」初曉聽到音樂老師發高燒，也是相當的擔心，連忙追問：「一定是最近忙著幫我做音樂訓練，工作太累讓身體吃不消了。」
「現在不是說這些的時候，初曉，妳聽好了，我已經通知了另外一位老師去比賽場地跟妳會合，妳記得帶上樂譜去給陳老師，他會負責幫妳伴奏的。妳放心，陳老師的水平比我高得多，一定能完美配合妳所唱的歌，祝妳在比賽中得到好成績。」
音樂老師交代完這些後，似乎又忙著在醫院裡做治療了，初曉在對方掛掉電話之前還聽到話筒裡傳來醫生的責備聲。
初曉對音樂老師生病的事情感到相當的抱歉，因為她覺得音樂老師會病倒完全是因為過度勞累所致，而讓她勞心勞力的事情，明顯就是這一段時間幫她所做的高強度音樂訓練。

既然如此，就讓我出色的完成比賽來報答音樂老師的一片苦心吧！

初曉背起行裝，鬥志昂揚的出發了。

銀星歌唱大賽的最終決賽和初賽不同，初賽時的場地只是設定在音樂協會的大禮堂裡，但是決賽的陣容卻完全不可比擬。

全市最著名的市民音樂廳，有著可容納數千人的寬敞面積，而且此次的比賽除了特別有入場資格的評審、嘉賓、媒體和一些著名的音樂評論家之外，其餘的座位皆是要購票入場的，可見銀星歌唱大賽的知名度和影響力不容小覷。

當年初曉就是在市民音樂廳裡，聽到了讓她今生難忘的一首歌，從而令她產生了「終有一天我也想站在這個舞台上」的想法。

如今，她的夢想就要實現了。

比賽很快就要開始，各校的參賽選手早就進入後台準備室在等候著。

和初賽時後台那混亂的狀況完全不同，決賽的後備室裡大家都相當的安靜，並沒有人在這最後的時刻獨自練習或大聲說話。

初曉在看到了同是自己學校的汐霞後，立即就迎了上去。

「汐霞，妳有沒有看到陳老師？」初曉急急的問汐霞。

汐霞因為有私人的伴奏師，所以並不知道初曉的情況，她指了指桌面上的一杯茶說：「他剛剛還在這裡喝茶呢，可能這會兒走開了吧，妳找他有事？」

「音樂老師生病了來不了，所以我的伴奏換成陳老師了，我還得把樂譜交給他呢。」初曉說。

「既然這樣，那妳在這裡等一下吧，他應該很快就回來了。」汐霞很自覺的把旁邊的一個位置讓出來給初曉。

「謝謝了。」初曉道了謝後就坐到汐霞身邊。

「別緊張，我們兩個的號碼都排得比較後面，還有很多時間呢。」汐霞安撫著初曉。

「嗯，我第一次參加這麼大型的比賽嘛。不像妳，都身經百戰了。」初曉有點不好意思。

「哈哈，哪裡有啊。」汐霞笑著擺了擺手。

這時場外已經響起了掌聲，看來比賽要開始了。

場內有工作人員不停進來叫號，請下一位參賽選手做準備。

「陳老師怎麼還不回來呢？」初曉有點著急的左看右看，有點按捺不住了，她跟汐霞說：

「我去找找他。」

「嗯，好的。」汐霞點了點頭，初曉急匆匆的就離開了休息室，去找陳老師了。

幸好陳老師也走得並不遠，他只不過是站在場外的側門在打電話，這時看到初曉出現，他跟手機裡說了一聲「我看到她了」，就把手機掛掉。

還沒等初曉說話，陳老師就開口抱怨初曉說：「怎麼這麼遲，我都等妳等十五分鐘了。」

「啊……對不起，路上有點塞車，我剛剛才到後台。」初曉下意識的道著歉。

「算了，樂譜呢？快點給我吧，我得先爭取時間把它看熟。」陳老師帶著初曉往休息室走回去，初曉說樂譜就在書包裡，書包還留在後台呢。

在回到後台的休息室時，汐霞和她的私人伴奏在討論著什麼，看到初曉回來後也只是簡單的點了個頭算是招呼，然後就繼續自己的事情了。

初曉回到桌邊，拿到自己的書包，掏開正打算把樂譜交給陳老師。但是，無論她怎麼找，樂譜卻不見了蹤影。

「咦？奇怪了，我明明有放進去的啊……」初曉一開始時還以為只是自己粗心，沒有找清楚，她甚至把書包整個翻轉過來，把裡面所有的雜物都傾倒在桌面上，可是無論她怎麼找，那最最重要的樂譜卻始終不肯露面。

樂譜不見了。

在初曉呆了一分鐘後，她終於認清了這個事實，但是樂譜並不會無故消失，初曉搞不明白，難道說自己之前出門太匆忙以至於連最重的東西都忘了帶嗎？雖然她平時是迷糊大王沒錯，但初曉對這次的比賽可是非常重視，完全沒有馬虎對待過。而且在出門之前，她明明有好好確定了自己把該帶的都帶齊了才是。

「為什麼會這樣？」初曉焦急的再度翻找著那一桌的物品，即使結果毫無改變，她還是一再翻查著書包。

「怎麼了？」陳老師似乎也看出了初曉的窘境，他關心的問初曉。

「樂譜不見了。」初曉泫然的對陳老師說出了實情：「我真的有帶來的。」

「不見了？」陳老師顯然也沒料到事情會變成這樣，他說：「這可糟了，我對這首歌不熟，沒有樂譜的話，完全不可能完整彈奏啊，而且比賽已經開始了，現在要回去拿備份也來不及了。」

「汐霞，妳有沒有看到剛才有人接近過我的書包？」初曉抱著最後的希望問汐霞。

但汐霞卻一臉茫然，她抱歉的說：「這裡一直都有人在進出，而且我剛才都在跟何老師討論比賽的事，沒有注意到妳的書包呢。」

實曉失望的聽著這猶如宣判了她死刑的話語，鬱悶得一句話也說不上來。

沒有好好照看自己的物品的確是初曉的失誤，這完全不能怪別人，但是為什麼偏偏是這一天呢！為什麼偏偏是這個時候！這可是她期盼已久的銀星歌唱大賽啊！

這個好不容易才能登上的舞台，彷彿一瞬間又離她遠去，變得高不可攀了。初曉像被抽走了全身的力氣，跌坐在地上。

「要怎麼辦呢？」陳老師也顯然有點拿不定主意，看到初曉那失神的樣子，他也愛莫能助。完全不知道還可以怎麼辦，初曉精神恍忽的離開了後台。

陳老師似乎很擔心初曉的情況，並不敢放著她一個人不管，連忙緊跟了出去。

汐霞在初曉的身影消失了之後，若無其事的回頭看了一眼。她對自己的伴奏老師說：「我去一下洗手間，很快就回來。」

獨自一人走出了後台，汐霞來到洗手間。在確定了周圍並沒有其他人之後，汐霞走進了一個獨立隔間裡，關上了門。

拿出一直藏在衣服裡的薄薄幾張紙，那正正就是初曉所「遺失」的樂譜。

汐霞毫不憐惜的把它們撕了個粉碎，全數丟棄在抽水馬桶裡面，然後狠狠的拉下了水閘。

「這樣妳就別指望能站上舞台了，明初曉。」汐霞冷冷的露出一個得意的微笑。

她還清楚記得，音樂老師對初曉的高評價。

「完全沒有接觸過專業的音樂培訓，但卻有著對音樂天生的敏感，那孩子潛藏著無法想像的創造力和可能性，她的未來真是令人期待呢。」

音樂老師曾無意的透露出她對初曉的欣賞。那毫不掩飾的讚美，還有投注在初曉身上的全副心力，無一不顯露著音樂老師對她的寵愛。

一個音樂的門外漢，橫空出世的白日夢想家，竟還能得到這樣的優等待遇，那一直以來努力著的自己又算是什麼呢？汐霞無情的看著眼前的水流漩渦，緊抿著雙唇。

自小就被逼著練習唱歌，因為出生在一個音樂世家，她根本毫無選擇，但即使這樣，汐霞也熱愛著這剝奪了她所有時間的音樂，一直練習、一直練習、一直練習到精疲力盡為止，才好不容易得到一點成績，也開始得到別人的讚賞和認同。

但是，明初曉，一個半途出家的音樂白痴竟然也輕而易舉的通過了銀星的初賽，和自己站到同一個舞台上較量。

她也配和我比嗎？汐霞冷哼了一聲。一個完全不了解別人付出了多少努力才能登上這個位置的人，明初曉靠的不過是運氣而已。

轉頭打開了門，汐霞坦然的離開了洗手間，彷彿一切都沒有發生過一般。

這時比賽已經進行了一半，不論明初曉再怎麼厲害，她也翻不了身了。汐霞知道，這個她所看不起的對手，從今以後就會消失在她的面前。

正得意的想著回去可要再好好看清楚明初曉那一臉失望的樣子，汐霞回到了後台。

但是，後台裡的一幕卻讓汐霞完全傻了眼。

明初曉不知什麼時候又跑了回來，而且她並沒有汐霞所期待的「一臉失望的樣子」，取而代之的則是那如死士般堅決的眼神。

此時的她正極力的纏著一個工作人員，努力的說服著對方：「我完全可以清唱！比賽規則沒有說一定得有伴奏才行吧？我可是憑自己的實力通過了銀星初賽的選手誒！就算沒有了伴奏，我也絕對不會因此而放棄的！」

汐霞聽著初曉那毫無畏懼的大膽發言，不禁怔住。

她完全沒有想到初曉居然還有這一招！

「果然是白痴才想得出來的辦法嗎？」汐霞有點被擊倒的感覺。但是初曉對音樂那全不掩飾的熱情，卻令她有一點點熟悉的感覺。

比賽的確並沒有規定不能清唱。汐霞心裡想著，但是以初曉的實力，她上次之所以能通過初賽，據說是因為唱的是原創的歌曲，而評審對這種額外的創作和意外性所以給出了不錯的分數。但是在決賽裡，原創就不是唯一的優勢了，因為懂得創作的選手並不只有初曉一個而已。

據汐霞所知，銀星總決賽裡音樂專業的選手就已經占超過一半，其中同樣會用原創歌曲參賽的更是不少。

失去了伴奏就如同戰士失去了有力的武器，除非演唱者擁有著可壓倒全場的高超演唱技巧。而顯然的，目前的初曉仍不具備有這樣高超的能力。如此一來，結果還是會落敗，並不會有任何改變。

即使明知道會失敗，還是不願意放棄嘗試的機會嗎？

汐霞看著初曉，忽然有點感到不爽起來。

「笨蛋。」汐霞低低的咒罵了一句，回到自己的座位上去了。

就讓我看看妳如何在舞台上出醜好了。

汐霞完全不看好初曉的表演會取得什麼突破。

而另一方面，初曉雖然宣告了自己即使清唱也要上台的強烈願望，陳老師卻不得不擔心她的情況。

「妳真的打算要這樣做嗎？」陳老師對初曉說。「如果妳的歌本身就是設計成清唱的還好，但問題是妳所創作的這首歌本身是以曲取勝的，一旦換成清唱的話，會失色不少。這樣是沒有辦法打倒其他對手的。」

「事到如今，也只能這樣了。」初曉也知道自己的境況不容樂觀，只是她不能妥協，即使沒有了武器，她也得繼續戰鬥下去，因為她不是一個輕易放棄的人。

「那看來我只有在精神上支持妳了。」陳老師笑了笑，拍了拍初曉的頭說。

「謝謝……」初曉笑了笑。

「那我就去觀眾席上好好看妳的表演吧。」陳老師朝初曉擺了擺手，做了一個加油的手勢。

下一個即將要出場的參賽選手就是汐霞了，而初曉的號碼就緊跟在同校的汐霞後面。

做好了萬全準備的汐霞，有著豐富的比賽經驗，但在這樣的時刻也難掩心中的一絲緊張，出場之前的汐霞，還受到了初曉的鼓勁。

「汐霞，加油！」

汐霞意味深長的看了初曉一眼，登上了舞台。

伴奏流暢的起了個頭，打開了汐霞的音樂盒子，初曉羨慕的在後台最近的地方看著場上的比賽，下一個就要輪到自己了，初曉不知道是否能完美的把自己的歌聲好好的傳達給大家。

鼓掌聲響起的時候，初曉才驚覺汐霞的表演已經完畢。隨著司儀再度上台，評審也點評了一下選手的各方面表現後，終於輪到初曉的出場。

這個時候，陳老師已經去到了觀眾席上。因為千都學園有兩個選手入圍決賽，所以官方有特別的票發送到校方，而座位的編排也是相對統一的。陳老師入座時還看到了好幾個本校的教職員和不少來觀賽的學生們。

「咦？學生會的人也來了不少呢。」陳老師看到座位上一票熟悉的面孔，當然，在這其中最顯眼的要數那兩個坐在一起，就像複製品一樣的兩兄弟。

諾雨海說：「下一個就輪到初曉了呢，不知道她會不會緊張？」

諾雲生說：「那傢伙膽子比天大，不會有事的。」

陳老師的位置就在學生會那一區，聽到了兩兄弟的話後，他搖了搖頭道：「初曉這次恐怕有點麻煩，因為她打算清唱參賽。」

「咦？為什麼要清唱？」諾雲生和諾雨海都感到不解。

陳老師便把後台發生的一切都說了出來，諾雲生緊皺著眉頭，這個時候，場內掌聲響起，初曉已經登上舞台了。

舞台上的燈光非常的炙熱，初曉站在台上，望向觀眾席。

下面黑壓壓的一片，根本看不清楚誰是誰，但是初曉卻可以感覺得到大家在注視著自己。她不禁望向多年以前，自己曾坐過的那個座位——在小學四年級的時候，那一次媽媽帶著她來觀看的音樂盛會，也正是銀星歌唱大賽的決賽。

初曉還清楚的記得，當時站在舞台上面的那位女生，就是現在自己所站的這個位置。那個時候年紀還很小的初曉，看著台上唱著歌的那個女生，眼裡有著無比的羨慕，心中滿是火燙的激情，她真的真的好希望有朝一日也能像她一樣，站在這個舞台上盡情高歌。

如今，這個願望終於要實現了。

雖然有一點小小的遺憾……初曉不禁回頭望向台邊那架空空的鋼琴。

即使早就下定了決心，就算只靠自己一個人的力量，也要堅守到底，好好的完成這一場比

賽。但是，初曉還是難掩一絲失落，像所有的女孩子一樣，她也期待著奇蹟的出現，她也希望能在悠然的旋律中忘我歌唱，她也無數次幻想過自己在這萬眾矚目的時刻能散發出所有的光和熱……

「接下來，我將為大家獻上一首我的自創歌曲。」

初曉頓了頓，振作了一下接著道：「這首歌名為《初曉之歌》，而初曉同時也是我的名字，我的父母之所以給我取這樣的一個名字，是期望著我如初曉的太陽一樣，無懼長夜的黑暗和冰冷，帶著希望和晨光降臨人間，我自己也很喜歡這個名字，所以，我想把這樣的希望傳達給所有人。」

或許這次的比賽就是她唯一可以在音樂上到達的最後一關，因此，她仍懷著感激的心情面對著舞台。

哪怕沒有真正的伴奏，所有的旋律早已銘刻在心。初曉在腦海裡一遍遍幻想著，耳邊便響起了熟悉的前奏，就算閉上眼睛，也可以感受得到那在鋼琴上跳動著的音符，極具實感的鼓動著她的耳膜。

一切似乎並不是幻想，初曉再度睜開眼睛時有點驚奇的回過頭去，鋼琴的確在奏響著，而此刻坐在琴後的人也抬起頭來，看向了初曉。

那熟悉的面容，熟悉的眼睛，熟悉的總帶著一絲促狹的微笑，就如初曉無比熟悉對方的存在一般，諾雲生無疑也是最熟悉明初曉的人。

這首歌原本就是兩個人花了無數時間討論、爭議、沒日沒夜共同創作的結晶，又有誰比諾雲生更熟悉這首曲子，更適合成為初曉的同台伴奏呢？

而早已有著至深默契的兩人，此刻更不需要多餘的言語，初曉展現出最真心的一抹笑意，隨即音樂大廳廣闊無邊的空間中便響起了初曉清朗悠揚的歌唱聲。

明初曉並不知道諾雲生為何得知自己的境況，也不知道為何他會出現在這裡，但她亦無暇思考了。她只感受得到此刻的自己彷彿化身為自由的小鳥，正遨遊在音樂的無際的穹蒼之中，是否在比賽已經不再重要，是否得到獎項也不需在意，初曉只知道自己終於回到了心願旅程的那個起點，而一切願望的起點，也不過是能站在舞台之上，讓所有人都能聆聽到自己的歌聲而已。

這就是傳說中的魔法吧！明初曉能遇到受困於黑魔法的黑貓，又幫助牠解開了束縛著牠的詛咒，然而，神奇的力量並未消失，如今黑貓先生所施與在她身上的，又何嘗不是一場炫目神迷的魔法呢？

天外白雲輕飄，市民音樂大廳裡似乎很安靜，安靜得只聽得到一個女孩歌唱的聲音，一直穿越了明媚的天際。

MIAOW End 尾聲

今天天朗氣清，萬里無雲，風和日麗，秋高氣爽，心曠神怡……各位是不是覺得今天的天氣很熟悉？沒錯，你們並沒有眼花，這就是和第十章開頭一樣的好天氣。

銀星歌唱大賽早在一個月前就結束了。

千都學園裡靜悄悄的，同學們都在上課中，偶爾只聽得見老師用粉筆在黑板上抄寫著重點的聲音，同學們或認真的聽著講解，或無聊的看向窗外，更有人無視著課堂紀律在悄悄的聊天。

「初曉，這次的學園活動妳要負責表演吧？聽說還是壓軸的重頭戲，沒想到妳贏了銀星歌唱大賽第三名，連備受期待的汐霞也不過是排到第七而已，大家都說這個結果不可思議呢！妳真的好厲害哦！」麗月小聲的和初曉私聊著。

「也沒有很厲害啦……」初曉雖然嘴巴這樣說著，事實上她的心裡卻喜孜孜的，笑得一點也不謙虛。

「最不可思議的是，聽說妳比賽當天的伴奏是學生會會長？這麼勁爆的消息是真的嗎？他自從代表了千都學園參加過校際鋼琴獨奏巡演之後，就是各校學生們的偶像誒！妳居然能請得動他來幫妳伴奏，面子不小嘛。連我這個好朋友也不先透露一下，害我剛聽到這消息時還嚇了好大一跳。」麗月責怪初曉這麼厲害的情報也不給她預先通報一下。

「那是意外啦，意外。」

「為什麼我就遇不到這麼好的『意外』呢？我也好想像妳一樣好運，有什麼好辦法？」

「趕緊去養隻貓。」

「哈？養貓？養貓真的能改運嗎？早說啊！」

「對了，妳家諾諾呢？好久沒見到牠了呢，大家都好懷念牠。」麗月看著初曉身邊空落的窗台說。

「他一直都在啊。」初曉笑著說。

「有嗎？在哪？」麗月左右張望著。

初曉望向遠處的西教學樓，若有所思的說：「他現在已經回到西教學樓去了，以後也不會再來跟我們一起上課啦。」

「西教學樓，那不就是精英班？」麗月歪了歪頭。「這年頭連貓也懂得擇優而取嗎……」

「貓可是很聰明的生物。」初曉點了點頭，嗯的一聲。

「對了，上次學校由學生會舉創的那個補習計畫，據說效果相當好，學校決定以後全面推行了。」麗月說。

「咦？不是吧……」初曉痛苦的低叫。

「妳因為要參加比賽，肯定也沒有多少時間複習功課吧，妳這次的測驗也是一片慘況哦。」麗月嘲笑初曉說：「真好，又可以去參加補習班啦。」

「妳這幸災樂禍的表情是什麼意思？」初曉苦著臉。

「哈哈哈……」

果然，課後班長就在教室裡派發通知，這次課堂測驗不及格的人，又得再度去參加那個「以優帶差」的課後補習班了。

放學之後，初曉只好又去了指定的教室參加補習。

這次人數比較多，初曉不禁疑惑，不是說那個補習計畫很成功嗎？怎麼現在不及格的人反而變多了的樣子？就在她依然習慣性的挑選了靠窗的位置坐下的時候，便聽到旁邊幾個女生在討論著什麼。

「聽說我們這個補習班是由學生會親自指導哦，平時都沒有什麼機會可以接近精英班的人，沒想到現在居然可以近距離接觸他們呢。」

「如果被指派到學生會會長親自指導，那就太幸運了！」

「我沒有妳那麼貪心啦，我只要分到副會長就很滿足了。」

「切，副會長是會長的雙胞胎弟弟，視覺效果上完全一樣啊，妳這還叫不貪心？」

「喂，我說妳們到底是來補習的，還是來見偶像的啊？」

「都一樣嘛，哈哈哈……」

初曉坐在座位上聽著那幾個女生聊得高興，她終於知道為什麼突然多出這麼多「不及格」的學生了，而且放眼看去，還是女生占的人數更多呢。

原來大家都是衝著補習班的名義，來跟學生會搞聯誼活動的嘛。看來這個補習班很快就會因不及格人數過多而被取消的，毫無疑問！

時間已到，學生會的人已經到場，開始分派組別了。

初曉這次不及格的科目還挺多的，她心想小林這次見到自己不知道會是什麼反應呢？正想著呢，眼前就被一片陰影所籠罩，初曉抬起頭來，卻看到兩張相似的臉孔出現在眼前。

「在發什麼呆呢？就因為妳老是這麼不專心，所以才會次次測驗都不及格吧？」諾雨海看著一臉茫然的初曉揶揄的道。

「身為指導者，怎麼可以歧視差生？」諾雲生對雨海說：「每個人的腦子進化程度都不一樣啊。」

「喂，你這句話才是真正的歧視吧！」初曉朝諾雲生吼道。

「我來看看，這位同學需要被指導的科目……嗯，還真多呢。」雨海拿起初曉的資料表看了一眼，驚奇的說：「到底妳有哪一科是及格的？」

「喂，你們兩個是怎麼回事？」初曉一把將自己的資料表搶了回去。「別妨礙我補習啦。」

「我們就是來幫妳補習的，怎麼算是『妨礙』？」雨海率先在初曉面前坐了下來。

「你們來給我補習？兩個一起？！」初曉眼睛瞪得老大。

天啊，她可是領教過黑貓老師逼她學習時那可怕的光景，現在居然還買一送一，她還指望能有「下課」的一天嗎？

「妳成績差成這樣，當然得『加倍』指導了。妳這是什麼表情？我們學生會的資源也是很緊缺的，給妳分派兩個指導員算是對妳非常負責了。妳居然不表示一下感激嗎？」雨海對初曉的態度非常不滿意，還哼了一聲。

「但是，我的指導員一向都是小林老師啊。」初曉嘀咕道，她真懷念那個戴著眼鏡，總是少言寡語的小林同學！

「哦，妳說小林啊。」諾雲生一臉抱歉的說：「他說妳水平太厲害，老是給他提問些解不出答案的題目，他自問沒有能力指導妳。」

初曉幾乎要暈倒，這始作俑者居然大言不慚的說出這些話來，是想氣死她還是怎麼的？

「別浪費時間了，快點開始吧。」諾雨海把初曉那一臉的不情願看在眼裡，但他卻表現得相當積極，並帶著一種被欺壓慣了的農奴也準備翻身做主人的氣勢，翻開了教科書。

這兩個傢伙該不會是故意的吧……初曉光是看到諾雲生給她準備的那長長一串的「補習計畫表」，眼睛都直了。

初曉這邊正陷在水深火熱的懊惱中呢，那邊卻傳來女生們豔羨的低語聲。

「哇，那個學生是誰？居然可以獨占會長和副會長，真是個超級幸運兒！」

「我也好想加入那一組哦。」

「妳們不知道嗎？她就是大名鼎鼎、二年三班的明初曉啊。」

「咦？她很出名嗎？」

「明初曉，就是那個年級總榜最後一名，成績超爛，又經常把老師氣得跳腳，連訓導主任看到她都繞路走的超級問題少女，她可是千都學園最厲害的學生誒，從某方面來說……」

「原來如此……不過因為這樣卻能得到年級最棒的兩位精英班學員指導，而且還是學生會會長和副會長，真是撿到了。」

初曉真想拍桌子朝她們大吼：「把這樣的榮譽分一半給妳們好不好？我才不想要這種運

氣！」

但事實卻是，明初曉在兩個毫無憐惜之心的魔鬼老師的監督下，做著不可能完成的海量習題，還頭頂著不間斷的叫罵——

「這麼簡單的題都不會，妳真的有小學畢業嗎？」

「這一題，限五分鐘內解答完畢，現在開始倒數計時！」

「在看哪裡呢？把腦子裡沒用的東西通通給我倒掉！今天不做完這些別指望能回家。」

絕對是諾家的詛咒落到她的身上了啦！明初曉淚流滿臉的想著。

初曉無奈的在飛舞的公式和習題之間來回奔忙，最後累得趴在桌面上起不來了。

「今天就到此為止。明天繼續。」兩個惡魔的聲音像驚雷一樣，把初曉嚇得縮在一邊。

到底有完沒完啊？初曉真是對學生會這個恐怖組織痛恨至極。

為此，初曉在上課都有認真聽講，也有認真做筆記，更會在晚上苦讀課文，為了脫離「課後補習班」的惡夢，她發誓以後要好好學習天天向上！

所以，當初曉在期末的考試裡終於破天荒的取得了滿科通過的好成績時，連她自己也有點不敢相信這過於夢幻的事實。

「我全部都有及格耶！哇啊……真是太神奇了！」初曉對著成績單上面再也沒有出現警告性的紅色時，高興的抱著成績單熱淚盈眶。

「連本校穩坐年級總榜最後一位的明初曉同學居然也能順利通過考試？地球該不會開始逆轉了吧……難道世界末日真的要來了嗎？」麗月好奇的看著初曉的成績單，初曉不但全科及格，有個別科目甚至還拿到了不錯的成績呢。

「這都是我努力奮鬥的成果！」初曉驕傲的自稱。

「看來那個學生會的補習計畫真的很有成效呢……連千都學園的高難度問題學生都被他們搞定了，學校估計又得表彰他們了吧。」麗月卻認為這全是學生會的功勞。

明初曉一呆。

的確，她的成績會變好，雖然她自己的努力成分不可忽視，但說到底也是被諾雲生和諾雨海兩人給逼出來的。而在補習過程中，他們的確也教會了自己不少學習上的方法，強補了她薄弱的部分，也給出了不同於老師所教的各種新思路。

看來為她量身訂製的學習計畫非常完美的再創了一次奇蹟。

此時，在西教學樓頂層的十二樓裡，學生會室裡的兩位正副會長正站在窗前，看著初曉所在的教室方向。

「她好像全部及格了，以後再也沒有機會以補習的名義去找她玩了，好無聊。」諾雨海在嘆著氣。

「你只是以戲弄她為樂吧。」諾雲生一下子就看穿了雨海的心思。

「我轉學來千都學園，就是因為這裡比我想像中有趣啊！接下來我們要幹什麼？」諾雨海問諾雲生。而後者一臉思索著什麼的樣子，嘴邊露出想到了新點子似的笑意。

「某人曾經說過，千都學園裡存在的『特權主義』讓她覺得不公平，她早就嚷嚷著要向學校投訴這種制度了。接下來，不如我們就來搞個革命性的制度顛覆如何？」諾雲生提議。

「這個計畫聽起來很不錯，你打算要如何？」

「現在的學生是以東、西教學樓劃分出所謂的精英班和普通班，我們就來徹底同化學生的等級吧，這樣一來，就再也沒有優劣之別，實現所有學生的班級一體化，不是會有趣得多嗎？」

「那傢伙一定會舉雙手雙腳支持這個計畫吧。」諾雨海聽了就來勁，他說：「學生會和平民領袖共同聯手的革命啊，聽起來真有趣。」

一場即將打破學校傳統的風暴正悄然醞釀著。

千都學園的未來似乎也充滿著精彩紛呈的好玩事件。

只要夢想不死，戰鬥就永遠不會結束。

不過，那又將是另外一個故事啦！

——完——

人氣滿點、史上最萌——
世界第一的
魔王陛下
CUO著
mo子繪
THE MAX-VER
這次，怒氣槽MAX的廢材魔王
竟然窩裡反了！？
她決定，在征服世界之前，
——先征服公爵大人！
Devil Duke
Demon King
KO
8/29 LAST ROUND!!
★更多詳細內容請搜尋★
不思議工作室
立即搜尋
典藏閣
采舍國際
www.silkbook.com
版權所有© Copyright 2012

隨書附贈《世界第一的魔王陛下》
Q版人物大富翁地圖
只可遠觀，而不可褻玩焉喔。ヽ(´∀`)ノ

♠征服世界從下午茶開始

♥征服世界從愛開始

◆征服世界從修學旅行開始

♣征服世界從現在開始

飛小說系列 032

我的黑貓家教～Miaow！

出版者■典藏閣
作　者■龍雲意　繪　者■重花
總編輯■歐綾纖
製作團隊■不思議工作室
郵撥帳號■50017206 采舍國際有限公司（郵撥購買，請另付一成郵資）
台灣出版中心■新北市中和區中山路 2 段 366 巷 10 號 10 樓
電　話■(02) 2248-7896　傳　真■(02) 2248-7758
物流中心■新北市中和區中山路 2 段 366 巷 10 號 3 樓
電　話■(02) 8245-8786　傳　真■(02) 8245-8718
ISBN■978-986-271-249-8
出版日期■2012 年 8 月首刷／2016 年 6 月四刷

全球華文國際市場總代理／采舍國際
地　址■新北市中和區中山路 2 段 366 巷 10 號 3 樓
電　話■(02) 8245-8786　傳　真■(02) 8245-8718

新絲路網路書店
地　址■新北市中和區中山路 2 段 366 巷 10 號 10 樓
網　址■www.silkbook.com
電　話■(02) 8245-9896
傳　真■(02) 8245-8819

☞您在什麼地方購買本書？☜

□便利商店＿＿＿＿＿市／縣＿＿＿＿＿＿＿＿＿＿便利超商

□博客來　□金石堂　□金石堂網路書店　□新絲路網路書店　□其他網路平台

□書店＿＿＿＿＿＿＿市／縣＿＿＿＿＿＿＿＿＿書店

姓名：＿＿＿＿＿地址：＿＿＿＿＿＿＿＿＿＿＿＿＿＿＿＿＿＿＿＿＿＿＿＿

聯絡電話：＿＿＿＿＿電子郵箱：＿＿＿＿＿＿＿＿＿＿＿＿＿＿＿＿＿＿＿＿

您的性別：□男　□女

您的生日：＿＿＿＿＿年＿＿＿＿＿月＿＿＿＿＿日

（請務必填妥基本資料，以利贈品寄送）

您的職業：□上班族　□學生　□服務業　□軍警公教　□資訊業　□娛樂相關產業

□自由業　□其他＿＿＿＿＿＿

您的學歷：□高中（含高中以下）　□專科、大學　□研究所以上

☞購買前☜

您從何處得知本書：□逛書店　□網路廣告（網站：＿＿＿＿＿＿＿）　□親友介紹

（可複選）　□出版書訊　□銷售人員推薦　□其他

本書吸引您的原因：□書名很好　□封面精美　□書腰文字　□封底文字　□欣賞作家

（可複選）　□喜歡畫家　□價格合理　□題材有趣　□廣告印象深刻

□其他＿＿＿＿＿＿＿＿＿＿

☞購買後☜

您滿意的部份：□書名　□封面　□故事內容　□版面編排　□價格

（可複選）　□其他＿＿＿＿＿＿＿＿＿＿

不滿意的部份：□書名　□封面　□故事內容　□版面編排　□價格

（可複選）　□其他＿＿＿＿＿＿＿＿＿＿

您對本書以及典藏閣的建議＿＿＿＿＿＿＿＿＿＿＿＿＿＿＿＿＿＿＿＿＿＿＿＿

＿＿＿＿＿＿＿＿＿＿＿＿＿＿＿＿＿＿＿＿＿＿＿＿＿＿＿＿＿＿＿＿＿＿＿＿

未來您是否願意收到相關書訊？□是　□否

未來若有校園推廣您是否願意成為推廣大使？□是　□否

✍感謝您寶貴的意見✍

✌From＿＿＿＿＿＿＿＿＿＿＿＿@＿＿＿＿＿＿＿＿＿＿＿＿＿＿＿＿

♦請務必填寫有效e-mail郵箱，以利通知相關訊息，謝謝♦

印刷品

$3.5
請貼
3.5元
郵票
不思議信箱
FUSIGI POST

235 新北市中和區中山路二段366巷10號10樓

華文網出版集團　收

（典藏閣－不思議工作室）